Bien

dans

mes

baskets

Marie Pimont

Romans de Marie Pimont :

Trilogie fantastique *Missions*

Tome 1 et T2 - La Jungle des Tigres

Sous L'eau - Aventure

Survivre ailleurs – Science-fiction Aventure

© 00074148-1

ISBN : 9798438051411

À Léa R.

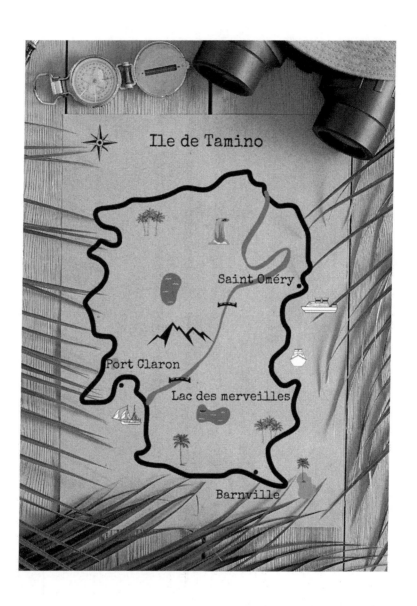

Prologue

Paris — mai 2021

— Papa, si je pouvais faire autrement, je le ferais, mais là… Je suis vraiment embêtée.

— Si je comprends bien, tu m'appelles après plus de cinq mois de silence total sachant que nous ne nous sommes pas revus depuis des années. Tu me demandes d'héberger ta fille, ma petite-fille que je n'ai quasiment jamais vue, parce que tu en as marre !

— Papa, n'interprète pas mes propos ! Je n'ai pas dit ça. Emma a vécu des choses compliquées dernièrement… La troisième ne se passe pas très bien et c'est une idée de la psychologue. Vous ne vous connaissez pas bien tous les deux, mais…

— Par « pas bien », tu veux dire : PAS DU TOUT !

— … Je ne sais pas quoi te dire d'autre, sauf que j'ai réellement besoin de toi. Je… Enfin, ma grossesse me fatigue, je suis épuisée... Et puis, nous venons d'apprendre que ce sont des jumeaux. Ce ne serait que temporaire, quelques semaines, quelques mois tout au plus. Éric est souvent absent et je ne peux plus gérer Emma et le collège...

— Bon, bon, inutile de te mettre dans des états pareils, arrête de pleurnicher. Je vais la prendre la petite, mets-là dans un avion et je m'en occuperai !

— Merci beaucoup papa ! Tu n'imagines pas à quel point ça me touche, tu vas me soulager. Emma est quelque peu, comment dire, un peu « difficile » ces temps-ci. Il faut que je t'avoue qu'elle...

— Oui, oui j'ai compris, c'est une adolescente quoi ! Je dois te laisser, je pars à la pêche, on m'attend !

— Ah oui, bon, très bien, alors je te rappelle quand Emma est dans l'avion et je t'écrirai quelques consignes sur elle, sur ses habitudes...

— Pas besoin ! Elle a quinze ans si je ne me trompe pas, par conséquent, elle peut parler !

— Oui, tu as raison, je suis tellement inquiète pour elle en ce moment...

1

Espoir

Ma mère… Je n'en peux plus, comment peut-elle être aussi pénible ? Elle est simplement exaspérante ! Plus jeune, je n'ai pas le souvenir qu'elle était à ce point sur moi. Elle travaillait avec mon père, on partait en vacances, on allait de temps en temps au restaurant, bref, une vie normale. Et puis, le divorce est venu bouleverser ce quotidien. Mon père a quitté la maison parce qu'il avait rencontré une femme dont je n'ai aucun souvenir aujourd'hui puisque ce n'est plus la même. Peu importe. Ma mère s'est retrouvée à devoir changer de travail et de logement, car il était devenu trop cher pour elle.

Et durant cette période, elle a traversé l'équivalent du désert du Sahara, vous imaginez ? Sous un soleil de plus de 40 °C, à quatre pattes et sans une goutte d'eau… Je caricature parce que ce dont je me souviens est bien à oublier. Ma mère a multiplié les petits boulots avant de rencontrer le gars qui allait devenir mon futur beau-père : Éric. Je ne dirai pas que je ne l'aime pas, je dirai qu'il est sans intérêt pour moi. Je vois bien qu'il fait des efforts, il prend même ma défense parfois. Et je dois bien reconnaître que ma mère a trouvé en lui un certain équilibre puisqu'elle semble à nouveau heureuse. Au point qu'elle a décidé d'avoir un autre enfant... Au final, elle n'en aura pas un, mais bien deux !

Au début, cet été avec un grand-père, qui est, on peut le dire, un inconnu pour moi, me paraissait être du grand n'importe quoi. Puis, après réflexion et quelques claquements de porte, j'ai fini par admettre que cela ne pouvait pas être pire que rester enfermer dans cette maison, coincée entre une femme enceinte insupportable et son gentil mari. Parce que oui, ma vie aujourd'hui est comme ça. Une semaine sur deux, je fais mes valises pour un autre logement, chez mon père, où je n'ai pas ma place. Je suis, comme qui dirait, sans domicile fixe. Chez ma mère, les jumeaux vont arriver dans quelques mois, il faut que je laisse ma chambre, plus grande que le placard que je récupère. Ils seront deux dans cette chambre alors que je suis toute seule ! Ouais... Sauf que j'ai quinze ans !

Ce matin, je fais mes bagages qui sont un peu plus gros que d'habitude. Je vais vivre quelques semaines chez mon grand-père sur l'île de Tamino, une île française au large de la Côte d'Ivoire. Ne me demandez pas de la placer sur une carte, je sais vaguement qu'elle est loin et qu'il y fait souvent beau. C'est la première fois que je vais prendre l'avion seule. Sept heures de vol : trois films et un peu de musique. Je ne serai pas vraiment toute seule.

Après avoir pesé ma valise, elle dépasse de trois kilos à moins de payer une taxe, j'enlève les bouquins de maths, d'histoire-géographie et de français. Ma mère s'agace. Une nouvelle fois. De toute façon, nous le savons toutes les deux, le brevet : c'est mort pour cette année !

Mais je pense qu'au fond d'elle, elle garde espoir, que peut-être je suis capable de le passer. Elle n'a pas complètement tort, je peux le passer, mais jamais l'obtenir. Depuis quelques semaines, le collège prend ses distances avec moi. Convoqué par le principal puis par l'assistance sociale, j'ai ma dose de leçons de morale. Aucun ne me comprend, aucun n'essaye ! Je n'ai plus goût à rien, pas envie d'ouvrir un livre, pas envie de faire mes devoirs, pas envie d'être polie, pas envie de suivre le troupeau, pas envie de respecter des horaires. J'ai besoin d'espace, de changement, de nouveauté !

Ma « psy », mademoiselle Steffany, étrange comme nom de famille, bref, ma « psy » a eu cette idée que je parte quelque temps m'éloigner un peu de ce système scolaire et de ma mère. Bon, elle ne l'a pas annoncé tout à fait comme ça, mais en gros, c'est ce que tout le monde a compris. Pour ma dernière séance, mes parents étaient tous les deux conviés. Ma mère a parlé tout le temps, mon père n'a pas dit un mot. La « psy » a rapidement admis que pour accélérer ma guérison, il fallait me sortir de là !

Je sais ce que vous pensez, mes parents ont divorcé et alors, c'est le cas pour des milliers de jeunes. C'est vrai. Mais peut-être que mon souci est plus profond... Mon père a tout de suite été partant : se débarrasser de moi tout l'été, quelle aubaine ! Il faut dire qu'il est très occupé, entre son travail de géomètre, sa femme que je ne peux pas sentir, et ses deux garçons qui sont de véritables phénomènes de foire ! Vous imaginez bien ! Et maintenant, ma mère qui va avoir deux bébés... J'espère qu'ils seront sympas ceux-là...

Donc, ma très chère mère ne veut pas que j'enlève mes livres, elle choisit ma seconde paire de sneakers préférée. Mais quoi encore ? Je négocie, je retire la quatrième paire, prise au cas où, et je garde le bouquin de français.

Dans mon futur placard « chambre » — ma mère n'aime pas que je l'appelle comme ça, elle a peur que les services sociaux débarquent à la maison... —, je n'aurai pas la place de mettre toutes mes baskets et leurs boîtes ! À mon retour, de toute manière, je sais que je ne reconnaîtrais plus ma chambre qui sera retapissée de petits animaux colorés...

2

Silence

Cabinet de la pédopsychiatre — mars 2021

— Nous ne nous connaissons pas encore, Emma, mais je vais essayer de t'expliquer mon rôle et comment vont se passer nos séances. Donc, nous devons nous voir à raison de deux fois par semaine...

— Combien de temps ça va durer ?

— Tu parles d'aujourd'hui ?

Évidemment que je parle d'aujourd'hui, elle me prend vraiment pour une idiote totale. Ça y est, elle se lance dans son explication avec des mots dignes d'un enfant de quatre ans. Heureusement, le fauteuil est hyper confortable. Et, j'aime bien la décoration du cabinet. Sur la table, il y a des bonbons, je ne sais pas si je peux... Et puis, autant me faire plaisir ! Elle me confirme que c'est fait pour se servir. Cette femme est tellement mielleuse. Vous savez comme certains bonbons justement tous doux alors que l'on aurait envie d'un peu d'acidité et de piquant. En plus, sa voix ressemble à cette grand-mère dans *Vaiana*, mais dans un corps de jeune. Ses grandes lunettes ne la mettent pas en valeur. Et sa coupe de cheveux laisse à désirer et aurait besoin d'un peu de modernité. J'aimerais bien avoir les cheveux lisses, tellement lisses que tout glisserait le long de chaque mèche, comme elle. Mais, ils ondulent. Je ne ressemble à rien...

— J'ai l'impression que tu ne m'écoutes pas beaucoup Emma ! Je comprends que venir ici soit une contrainte pour toi, tout du moins au début, mais tu verras que ces séances vont beaucoup t'apporter.

Je n'ai rien à répondre à ça. J'accepte de rencontrer cette psy, mais je me demande encore pourquoi puisque je vais bien. Presque bien. J'ai froid. En ce moment, j'ai souvent froid. Elle devrait monter le chauffage. J'ai oublié de prendre ma veste. Il y a des traces sur mes baskets. D'où viennent-elles ? Peut-être le parc ce week-end avec le chien de mon père... Il est sympathique ce chien, j'aime bien le sortir et puis comme ça, je n'ai pas à supporter les deux énergumènes qui me servent de demi-frères. Quand tous les deux à la fois ils se prennent pour *Superman*, il vaut mieux se mettre à couvert. Ils avaient sorti toute la vaisselle des tiroirs l'autre jour et s'amusaient avec les ustensiles dans les mains, à crier sur le chien qui visiblement incarnait « le mal » en personne. Celui-ci remuait la queue pensant qu'on allait jouer avec lui. Le spectacle est devenu particulièrement drôle quand ils sont tombés sur le paquet de farine dans un placard. Le chien a vite compris et s'est caché sous la table basse. Moi, après avoir attrapé quelques assiettes pour me protéger, j'ai filmé la scène. Comment résister ?

Quand mon père et ma belle-mère sont rentrés, je ne vous raconte pas l'état du salon. On aurait dit que la « Reine des neiges » était passée par là, mais la Elsa très en colère. Tout était recouvert de blanc... Mon père m'a fait un sermon. Téléphone confisqué pour le reste du week-end. Ce n'est pas ma faute à moi si ces deux gamins se comportent comme des enfants abrutis sans cervelle ! Selon mon père, ils n'ont que six ans et ils étaient sous ma responsabilité. Avec du recul, finalement, c'était le meilleur moment de la semaine !

— Il arrive quelquefois, dans la vie, que chacun de nous ait besoin d'un coup de pouce. Parfois, ce sont des événements traumatisants, parfois de simples remarques qui au bout nous rendent malheureux. Il me semble que tu étais d'accord pour en discuter un peu. D'après tes parents, tu n'es pas facile ces temps-ci ?

Je lève les yeux au ciel. Mes parents, qui baissent les

bras, préfèrent se décharger et laisser gérer le problème de leur fille à un professionnel.

— En fait, je ne vois pas en quoi vous parler une heure de temps en temps va pouvoir m'aider en quoi que ce soit. Je ne suis pas en train de réviser, je ne suis pas avec mes amis non plus, je ne fais rien là, donc à quoi voulez-vous que ça me serve ?

J'y vais un peu fort vu la tête qu'elle fait. Alors, elle repart dans son monologue. Pour me convaincre. En fait, je n'ai rien contre elle. Elle enchaîne que l'on va discuter de tout et de rien, de ma vie de collégienne, des amis, de ma famille... Qu'elle est là pour moi, que tout ce qui se dira entre nous ne sortira pas de ces murs, que je peux lui faire confiance...

Au fond de moi, je sais que c'est surement une bonne idée, qu'elle peut m'aider. Mais une petite voix me lance que, malgré tout, je perds mon temps. Je manque des cours, c'est le côté positif. Je ne veux plus aller au collège, je n'arrive plus à suivre correctement. Et quand on est à la traine, on n'a pas forcément envie de se ridiculiser encore plus. Mon père me conseille de m'accrocher, c'est bientôt le lycée. Facile à dire quand on n'a plus la force de lutter.

3

Découverte

Tamino — mai 2021

Mais qu'est-ce qu'il fait chaud ! Je sais que cela me changera des températures parisiennes, mais là, c'est presque étouffant ! L'aéroport a l'air minuscule, je ne devrai pas me perdre. J'ai l'impression d'être la seule ado dans cet avion, la seule à ne pas faire de tourisme aussi. Ils ont tous des appareils photo et commencent à mitrailler le tarmac. Sans parler des casquettes et divers chapeaux sortis de leurs sacs comme si le soleil tapait tout d'un coup, comme ça, en descendant de l'avion ! Et puis, qu'est-ce qu'ils ont l'air pressés ! Tout ça pour se retrouver à attendre leurs bagages autour du tapis, de longues minutes, comme moi.

Normalement, mon grand-père devrait me reconnaître. Ou alors, il aura un petit écriteau, comme dans les films, avec mon nom écrit dessus… Je n'ai aucun souvenir de lui, et lui, en a-t-il de moi ? Des photos envoyées par ma mère, voilà sur quoi notre lien repose, des photos et des cartes d'anniversaire de temps en temps.

En fait, j'ai peur et en même temps, je suis assez impatiente. Je quitte tout, le collège, mes amis, ma famille, même s'ils m'agacent pas mal ces derniers temps. Je renonce au brevet. Ma « psy » dit que c'est secondaire à mon bien-être. Tant mieux. Et je vais passer tout l'été auprès d'un homme que je ne connais pas ! Mon grand-père.

Il y a beaucoup de monde dans le hall d'accueil des passagers. Certains crient de joie et se prennent dans les bras, d'autres tiennent leur pancarte d'un air désinvolte, des chauffeurs de taxi probablement. Et puis, il y a cet homme, ni vieux ni jeune. Je le reconnais immédiatement quand nos regards se croisent. Il s'apparente à quelqu'un d'une soixantaine d'année, cheveux blancs, barbe mal taillée, mais c'est lui, j'en suis certaine. Il me fait un signe de main. Il a l'air assez « cool ». J'aime bien ses chaussures, elles ressemblent à de gros pataugas de randonnée. Sympathiques. Premier bon point.

— Emma ! Approche ! me dit-il.

Il se souvient de moi, je n'en reviens pas... Il me prend la valise sans dire un mot et nous partons en direction de la sortie, loin de la cohue. Toute hésitante, je balbutie :

— Je suis contente de te rencontrer ! Tu te souvenais de moi finalement ? Maman avait peur que non.

— La dernière fois que je t'ai parlée, tu avais 2 ans et tu en as 15 aujourd'hui, mais tu as le même visage ! Mais qu'est-ce que tu as pris dans ta valise pour qu'elle soit aussi lourde ?

Je tourne la tête pour ne pas lui montrer mon désarroi. Pour qui se prend-il ? Ce n'est pas moi qui ai demandé à venir ici. Et j'ai la désagréable impression que ce n'est pas lui non plus ! On ne peut pas commencer un début de relation petite-fille/grand-père de cette manière. Nous marchons d'un pas rapide pour traverser les longs couloirs de l'aéroport. Néanmoins, je suis persévérante :

— Elle est cool cette voiture, c'est une sorte de jeep ?

— C'est pas la mienne, un voisin. Il me l'a prêtée pour venir te chercher. Je n'ai pas de véhicule, là où je vis, il n'y en a pas besoin. Seuls les bateaux sont utiles !

Super ! Comment vais-je faire pour sortir, aller me promener s'il ne peut me conduire nulle part ? Le trajet dure une éternité sur des routes cahoteuses et pour finir sur des chemins cahoteux. Moi qui ne suis jamais malade en voiture, j'ai du mal à retenir un éventuel accident de parcours. Le sandwich de l'avion n'est pas bien loin. Je pense que partager deux ou trois conversations serait bienvenues mais il n'en est rien. Pas un mot. Juste pour me demander de taper d'un coup sec sur la boîte à gant qui s'ouvre sans cesse. Après une trentaine de coups, ma main rouge est le seul moment marquant de ce trajet ensemble.

Au bout d'une route escarpée, nous arrivons à la petite maison. De derrière, autant dire qu'elle ne ressemble pas à grand-chose. La végétation recouvre une grande partie des murs et même pour parvenir devant, il faut se frayer un chemin. Ce qui me frappe le plus, c'est le calme qui règne ici. Mis à part le chant des oiseaux, et l'océan au loin, l'endroit sort tout droit d'un documentaire sur les îles sauvages.

— Ta chambre est en haut, j'ai fait du mieux que j'ai pu, mais c'était une sorte de débarras avant ton arrivée. La salle de bain et la cuisine sont au rez-de-chaussée, tu demandes si tu as besoin de quelque chose. Après, je ne sais pas si ça t'ira, nous mangeons beaucoup au fil de ce que l'on pêche ou cueille !

Je décroche de la conversation quand j'entre dans le salon qui se limite à un canapé qui a dû faire la guerre et une vieille table de cuisine entourée de quelques chaises. Ma mère qui rêve d'une maison aux côtés épurés serait ravie !

— Fais attention à l'échelle, elle est solide, mais il faut prendre le coup.

— Une échelle…

— Oui, plus pratique. Vous avez tout l'étage avec Tiago. J'aurais pu faire installer un vrai escalier, mais je n'avais pas l'utilité de faire des chambres au premier. Ta grand-mère et moi, on n'avait pas besoin de plus.

Je ne sais pas par où commencer. Où est la télévision ? La box internet ? Qui est Tiago avec lequel je vais devoir dormir ? Si c'est un chien, j'espère qu'il ne perd pas trop ses poils… Qu'est-ce que je vais manger ici ? Je n'aime pas le poisson et les fruits, ça dépend lesquels en fait…

— Alors, où est-ce que je peux brancher mon téléphone pour commencer ? Il est déchargé !

— Ici ou là, me dit-il en me montrant deux prises de la cuisine, dont une au sol… Fais comme chez toi ! Tu vas être avec nous quelque temps, alors autant que tu te sentes bien. N'oublie pas d'appeler ta mère pour la rassurer ! Ah oui, j'oubliais, il faudra sortir devant la maison, et là-bas, tu vois le palmier avec les grosses feuilles, il y a un petit seau dessous.

Je visualise rapidement la prise qui doit avoir une

cinquantaine d'années et le palmier, mais pourquoi un seau ?
Et pourquoi il me montre cet endroit ? Il poursuit :

— Aucun souci pour capter là-bas, tu pourras
téléphoner sans problème. De la maison, on n'entend presque
rien, tu seras tranquille. Par contre, évite d'y aller quand il y a
des orages qui s'annoncent, les voix seront brouillées et
quand la nuit tombe, c'est aussi plus compliqué, je ne sais pas
pourquoi.

— Mais, tu veux dire qu'il n'y a que là-bas qu'on peut
capter la 4G ?

— La 4 quoi ?

Il repart dans la cuisine préparer ce que je pense être
un café, mais qui s'avère être de la chicorée. Une découverte.
Une horreur.

Affalée sur la chaise, guettant mon téléphone posé au
sol, ma tasse dans une main, la situation semble pire que je ne
l'imaginais. Désespérante. Pourquoi ma psy a-t-elle eu cette
idée aussi stupide de m'envoyer ici, coupée du monde ?

Un garçon métis arrive avec les bras chargés de filets
remplis de poissons.

— Kaï ! Regarde ma pêche ! J'ai pensé qu'on pourrait

faire griller ces petits poissons, qu'est-ce que tu en dis ?

— Oh ! Superbe ! Je prépare le barbecue ! Au fait Tiago, je te présente ma petite-fille Emma. Emma, c'est Tiago !

D'une traite, j'avale ma chicorée.

4

Malaise

La préparation du repas est éternelle ou c'est mon impatience naturelle. La fatigue du vol peut-être et le décalage de vie surement... Je pense avoir sorti deux mots, tout au plus. Mon grand-père met le couvert pendant que le « Tiago », dont j'ai rapidement compris qu'il vivait ici, prépare les grillades. L'odeur me dérange assez vite d'ailleurs. N'aimant pas le poisson, le séjour commence bien. De toute manière, mon ventre est bien assez incommodé et ne laisse nulle place à une quelconque nourriture.

Mon grand-père essaye d'attirer mon attention, mais en vain. Je n'ai aucune envie de discuter. Je suis en phase d'observation. Le garçon doit avoir un ou deux ans de plus que moi, pas plus. Malgré sa petite taille, j'entrevois une certaine maturité sur son visage. Je souris quand je me rends compte qu'il nage dans son bermuda qui lui descend en dessous des hanches. Ses tongs sont assez ridicules, je ne sais pas comment il fait pour marcher avec un orteil séparé des autres. Il me semble un peu timide. Connaissant la maison comme sa poche et mon grand-père suffisamment bien, j'en conclus qu'il est ici depuis un moment. Devinant mes interrogations, mon grand-père se lance dans quelques explications :

— Tiago va bientôt avoir 16 ans ! Il est chez moi depuis qu'il est haut comme trois pommes. C'est un garçon adorable, tu verras quand tu le connaîtras bien !

Ce que je vois, c'est que mon grand-père met Tiago mal à l'aise, si bien qu'il s'essuie le visage couvert de sueur. Et le charbon laisse une grosse trainée noire sur ses joues rougies. Il poursuit :

— Je l'ai recueilli après la mort de ses parents. Son père était mon meilleur ami. Tiago prendra ma relève quand je n'irai plus pêcher.

Mon grand-père lui appose la main sur l'épaule. Tiago sourit. On peut déceler une grande amitié entre les deux hommes et une immense complicité. Complicité que j'envie d'ailleurs me sentant comme une étrangère.

— Tu verras ! La vie ici est assez simple ! On profite des bons moments, du soleil, de la pêche. En plus, les touristes ne viennent pas jusque là. Tu en rencontreras, mais plus proche des deux grosses villes. Si tu veux vraiment y aller, tu solliciteras Tiago.

— Oui, c'est à deux heures de bus environ, la route n'est pas très bonne, il faut passer le lac. Mais, il y a un marché très atypique avec…

Évidemment, en bus ! Moi, je vais faire quatre heures de route pour aller faire le marché… Il peut toujours rêver ! Alors, je poursuis :

— Et, il y a quoi d'autre dans cette ville ?

— Je ne sais pas, cela dépend de ce que tu recherches ?

— De la 4G, des baskets, des magasins comme à la plage…

— Oui, je pense qu'il y a tout ça… Répond ce garçon. Et pour internet, tu peux aller à Port-Claron, il y a un petit cybercafé. Il y a un ou deux PC qui fonctionnent. C'est là que tout le village va pour envoyer des mails. On peut s'y rendre demain si tu veux. Après la pêche…

— Oui, je veux bien.

— Je préfère que tu l'emmènes faire un tour de bateau

voir l'île sauvage par exemple, rétorque mon grand-père, il faut qu'elle découvre autre chose. Sa mère ne l'a pas envoyée ici pour pianoter sur un PC !

Alors, plusieurs choses... Il parle assez froidement de ma mère donc sa fille déjà et non, elle ne m'a pas envoyé comme un vulgaire colis, elle a proposé que je vienne chez lui. Nuance. Et puis, je ne suis pas complètement inculte, je suis déjà montée dans un bateau pour faire le tour de Fort-Boyard, je connais l'île d'Oléron ! Avec Tiago, mon grand-père est adorable, avec moi, c'est plus que tendu... Je vais finir, moi aussi, par l'appeler « Kaï ». C'est dur...

— OK pour le bateau, il ne faudra pas partir tard, l'avis d'alerte est prévu pour le milieu d'après-midi, enchaîne Tiago.

— Oui, c'est plus prudent, acquiesce mon grand-père.

Tiago me montre brièvement l'étage, d'où je me tiens à peine debout en fait. Les deux chambres sont néanmoins séparées par une cloison sans porte et ce garçon me laisse visiblement la pièce la plus grande et la plus rangée. Mon lit est fait et une modeste commode me permet de vider une partie de la valise. Une petite partie seulement.

Honnêtement, au vu du contexte et de la vision des

journées prévues par mon adorable grand-père, je ne me vois pas rester là plus d'une semaine. Je dois jouer le jeu quelques jours, après au revoir Tamino ! Je rentre à Paris. Mes parents pourront dire qu'ils ont essayé et je retrouverai mon téléphone et ma vie.

Avant d'aller me coucher, à 21 heures comme les poules, je prends le temps d'envoyer un SMS à ma mère, aussi froid qu'il fait chaud ici. Je comprends l'intérêt d'avoir installé un seau, il faut se courber en trois pour pouvoir capter le réseau. Donc, sous le palmier, assise sur le seau retourné, je pianote quelques mots :

Bien arrivée, ton père m'a prévu une chambre.

Ras.

À +

5

Changement

Qu'est-ce que j'ai mal dormi… Il doit faire 50 °C dans cette chambre et pas d'air ! Les vacances doivent être faites pour se reposer… Bon, OK, je ne suis pas vraiment en vacances. J'ai vaguement entendu du bruit dans la matinée, ce devait être Tiago. Je rêve d'un petit-déjeuner au lit, un chocolat chaud avec des croissants, ce serait top ! On ne sait jamais, je pourrai glisser l'idée à mon grand-père qui veut faire plaisir à sa petite fille qu'il n'a pas vue depuis longtemps !

Au rez-de-chaussée, personne sauf ces oiseaux qui piaillent. Il faut dire que leur avoir donné les miettes du repas d'hier soir ne pouvait que les attirer. Avec le bruit qu'ils font, on croirait qu'ils sont des centaines. Les portes-fenêtres sont grandes ouvertes. Ici, visiblement, on vit beaucoup à l'extérieur. Une bonne douche me réveillera, j'aurai bien dormi plus s'il ne faisait pas si chaud.

On sonne à la porte, qui est toujours ouverte, soit dit en passant. C'est une dame aux longs cheveux gris, très élégante, qui me sourit comme si l'on se connaissait depuis toujours.

— Bonjour mademoiselle ! Vous devez être Emma. Votre grand-père m'a parlé de vous.

— Bonjour. Il n'est pas là visiblement.

— Oh ! Ce n'est pas grave. Je venais juste lui apporter ces deux pots de confiture : figue banane et cassis goyave. Je sais qu'il les aime bien. Je suis bête, je ne me suis pas présentée, je suis Annabelle, une voisine, ma maison se situe de l'autre côté de la colline.

— OK, très bien, je vais les ranger alors. Merci. Je lui dirai que vous êtes passé !

Elle repart avec le même sourire béa qu'à son arrivée. J'ouvre quelques placards et trouve l'emplacement des aliments du petit-déjeuner, à moitié vide, mais rempli de pots. Mon grand-père ne manquera pas de confiture, au moins pour les dix prochaines années.

Quelques minutes après, celui-ci rentre.

— Bonjour Emma, tu veilleras à ne rien laisser sur la

table, car les souris et les fourmis adorent ça !

— Je vais faire attention.

— Du coup, vu l'heure qu'il est, ce sera petit-déjeuner ou bien déjeuner pour mademoiselle ?

J'ai comme la désagréable impression que son ironie est une sorte de pic qu'il me plante dans les mains.

— Je n'ai pas fait attention à l'heure. Mais, un petit-déjeuner plutôt ! Au fait, j'ai vu la voisine Annabelle, elle est gentille. Elle a amené des confitures…

— Ah oui, très bien. Débrouille-toi alors pour ton petit-déjeuner, je dois vider ce maquereau pour ce soir. Tu en as déjà mangé ?

— Euh, oui je crois oui, dans une boîte… avec de la moutarde.

Mon grand-père part dans un rire qui me vexe immédiatement. L'odeur et la vue du vidage du poisson à la même table que moi me donnent des nausées. Il faut que je me change les idées.

— Est-ce que tu avais prévenu maman que Tiago vivait avec toi ?

— Pourquoi ?

— Ben, on a presque le même âge, on dort quasiment à côté à l'étage donc... Je pense que si elle savait, elle n'apprécierait pas !

— Hé bien, Tiago est bien plus mature que toi ou que la plupart des jeunes, je ne le considère absolument pas comme un ado écervelé ! Il est comme un fils pour moi, donc vous êtes au même niveau. Cela n'aurait rien changé pour toi. Ta mère n'avait pas le choix tellement tu as été insupportable avec elle ces derniers temps.

Et voilà, un deuxième pic et un troisième au cas où je n'aurais pas bien saisi que ma mère lui a imposé ma présence. Et, j'ai la confirmation que Tiago compte plus pour lui que sa propre petite-fille.

— Ne perds pas de temps, Tiago n'a pas voulu te réveiller à son retour de la pêche. Il est reparti à la criée vendre ses poissons.

— Ah bon, je vais aller le retrouver alors. Tu m'amènes ?

Je regrette immédiatement d'avoir posé cette question... Terrible erreur, car je lui montre que je ne suis pas capable de me débrouiller seule.

— Je vais aller me préparer et je prendrai mon téléphone pour me situer, euh non, c'est vrai, on ne capte pas... Je suivrai les panneaux... Il y a des panneaux au moins ?

— Port-Claron est à quatre kilomètres. Le chemin débute au bout de mon terrain. Néanmoins, fais attention, il est bordé de ronces et d'orties.

Je sens que je vais m'amuser... Déjà, je vais mettre des manches longues pour le soleil et mes vieilles baskets, enfin les moins neuves, on ne sait jamais.

Me voilà partie pour quatre kilomètres interminables, à travers une sorte de jungle de ronces, de diverses plantes piquantes qui me sont terriblement hostiles. Heureusement, j'arrive à apercevoir le port grâce à quelques mâts de bateaux. Il fait tellement chaud. J'aurais dû prendre un peu d'eau aussi... Mis à part le premier panneau, je n'en vois pas d'autres. Les indications du sentier sont très légères et parfois, je me demande si je suis encore sur le bon chemin.

Port-Claron ! Enfin un semblant de vie ! Déjà, il y a un peu de monde, des pêcheurs pour la plupart. Je vais facilement me faire remarquer. Avec leur tenue jaune et leurs casquettes, comment vais-je repérer Tiago ? Finalement, après dix minutes à errer sur le quai, c'est lui qui me trouve.

— Comment ça va Emma ? Je pensais que tu allais dormir toute la journée !

Super, lui aussi...

— Ça va, mon grand-père m'a dit de te rejoindre, alors me voilà ! On part se balader en bateau ?

— Rapidement dans ce cas, parce que la météo change vite et il est tard.

— Mais, il y a un grand soleil et il fait terriblement chaud !

— Oui, d'ailleurs, tu n'avais que ça comme tenue ?

— C'est-à-dire ? Je n'allais pas mettre un short dans ces ronces...

— Ah ! Kaï t'a fait passer par le sentier touristique ?

— Parce qu'il y a une autre façon de venir ici ?

— Oui, une route ! Il t'a bien eu ! Tiens, j'ai de l'eau si tu as soif et je vais aller te récupérer un gilet de sauvetage aussi.

Tiago me donne sa bouteille, hors de question que je boive après lui. D'un autre côté, je n'ai pas trop le choix, j'ai terriblement soif... Il revient les bras chargés.

— Ton gilet de sauvetage, une paire de bottes au cas où et un bob, je n'ai pas trouvé de casquette...

— Tu n'es pas sérieux là ! Je ne vais pas mettre ça, le gilet OK, mais les bottes et ton « bob », pas question !

— Tu préfères qu'on rentre et qu'on dise à Kaï que tu as eu une insolation sur le bateau ?

OK. Heureusement que je suis à l'autre bout du monde et que personne ne me connaît ici, parce qu'avec ce look d'aventurière de la pêche... Je sens bien que je suis observée de tous les côtés par tous les hommes du quai qui doivent voir en moi la jeune Parisienne qui ne sait rien de la vie.

Le bateau de Tiago est plutôt charmant. Je ne veux pas le vexer, mais j'aurai plutôt utilisé le mot « barque » pour désigner son bateau. Des petites touches de couleurs lui donnent un look très moderne. Je constate aisément que Tiago en prend soin.

Je m'installe à l'arrière, il démarre d'un geste vif et assuré. Il m'indique que l'on s'arrêtera sur le chemin pour qu'il m'explique un peu le paysage. L'île sauvage est toute proche. D'après lui, je ne vais pas le regretter. D'après moi, étant donné mon accoutrement, ce n'est pas si sûr.

6

Colère

Cabinet de la pédopsychiatre — avril 2021

— Bonjour Emma, installe-toi, je t'en prie. Peut-être vais-je pouvoir entendre un peu plus le son de ta voix ?

Je n'aime pas le ton qu'elle emploie, toujours aussi mièvre. Son air gentil et rassurant, c'est juste parce qu'elle est payée. Ma mère partage le coût des séances avec mon père alors qu'elle se plaint sans cesse qu'avec l'arrivée des jumeaux bientôt, il faudra faire plus attention ! Du coup, la paire de baskets qui devait sortir lundi dernier, dont je parle depuis des semaines, et bien, elle restera une annonce dans mes favoris. Je peux faire une croix dessus. Quant à mon père, d'après lui, je contribue à enrichir la marque, déjà richissime, qui impose le travail forcé des jeunes enfants en Indonésie. Évidemment, vu comme ça !

— Je prendrai des notes cette fois, ne t'inquiète pas,

d'ailleurs, si tu veux regarder ce que j'écris, il n'y a pas de soucis, reprend-elle.

Vas-y, écris des trucs sur moi ! Ce n'est absolument pas gênant ! Je ne vois pas ce qu'elle va écrire, car je n'ai pas l'intention de parler !

— Souhaites-tu évoquer la dernière fois que tu t'es mise en colère ?

Euh, c'est un sujet intéressant ça ? Me faire revivre une énième dispute avec ma mère et me pourrir ma journée !

— C'était au sujet de chaussures, c'est cela ?

— Des baskets, pas des chaussures...

J'en ai déjà marre et le temps ne passe pas. Cinq minutes. Ça va être long...

— Emma, tu es là ? Peut-être peux-tu me dire pourquoi tu t'es mise en colère ? Selon toi, est-ce que ta colère était justifiée ?

— Bien sûr... Ma mère a dépassé les bornes !

— Tu n'es pas obligé de crier. On est là pour discuter, je suis à côté de toi. Selon elle, tu aurais pu être « violente », est-ce la vérité ?

— Je n'ai pas envie de répondre à cette question.

— D'accord, c'est ton choix. Quand tu sens monter ces émotions, que fais-tu ?

— Rien. Il faut que ça sorte, non ?

— Peut-être pas de cette manière. Tu as été un peu loin en insultant ta mère. Tu veux qu'on essaye ensemble une autre façon de canaliser ta colère ? En respirant profondément par exemple et en laissant disparaître encore un peu de ces sentiments négatifs qu'il te reste, au fond de toi... Je te montre.

Et la voilà partie dans son délire de « j'inspire et je gonfle le ventre » puis « je relâche ». Elle a l'air ridicule à faire ça toute seule. Je n'ai pas envie de l'imiter, là tout de suite.

— Allez, on essaye ensemble Emma !

— Je n'ai pas envie maintenant.

— As-tu essayé chez toi, confortablement installée ?

— Je n'y arrive pas... En fait, j'en ai assez de ce truc, de ma mère, de mon père, de vous ! C'est clair ! Vous ne servez à rien ! J'ai juste envie qu'on me fiche la paix !

— Très bien, je comprends. On va arrêter la séance si c'est ce que tu souhaites.

— Voilà, tout à fait ! Je peux partir alors ?

— Tu es libre Emma, je te laisse t'en aller à condition que tu réfléchisses un peu à cette colère, là, celle-ci. Est-elle utile ?

Je lui demande si elle plaisante puis je prends mon sac et sors de la pièce. Dans la salle d'attente, une fille bien plus jeune que moi patiente à côté de sa mère, l'air triste et perdu.

Je retourne en cours l'après-midi. J'ai des difficultés à suivre le monologue de mon professeur d'histoire sur la déportation. Avant, ce sujet m'aurait intéressée, aujourd'hui je suis tellement loin de ça.

7

Peur

Tamino — mai 2021

Les nuages cachent le soleil de temps en temps et cela fait du bien. Je laisse glisser mes doigts dans l'eau, comme une douce caresse. Malgré le bruit du moteur, le calme s'installe peu à peu. Nous sommes loin de la côte, l'océan devient infiniment spacieux. J'ai comme l'impression d'être seule au monde. De l'eau à perte de vue. Et Tiago. La visibilité est fantastique. J'aperçois quelques poissons colorés et ils donnent l'impression de jouer avec les remous.

Tiago ralentit le bateau pour me montrer l'île en face et me parler des espèces d'oiseaux endémiques qui y résident. J'ai appris un mot aujourd'hui, je ne savais pas ce que cela signifiait « endémique ». Cette espèce de volatile ne vit qu'ici. Selon lui, s'ils disparaissaient, ce serait tout un écosystème qui serait perturbé. Je m'imaginais une île un peu plus grande que celle-ci ! Il doit y avoir une dizaine de palmiers tout au plus, on fait le tour à pied en cinq minutes, je pense...

— Et puis, si tu regardes au loin, me dit-il, on aperçoit la pointe de Tamino et de l'autre côté, parfois des bancs de dauphins peuvent nager. J'en ai déjà vu et c'est spectaculaire !

— Ca doit être chouette de plonger ici, on doit découvrir tout un tas de poissons ?

— Surement !

— Quoi ? Tu n'as jamais fait de plongée sous-marine en habitant ici ?

— Non, je ne sais pas si cela me plairait en fait.

Il est étrange ce garçon. Il donne l'impression de ne rien connaître de la vie. Je poursuis mon investigation :

— Donc, tu vis chez mon grand-père depuis un moment, mais il a oublié de le dire, soit dit en passant, et tu n'es pas au lycée ?

— Non, c'est fini pour moi ça, ici, c'est compliqué, le lycée est à Barnville. Et puis, je veux devenir pêcheur, je n'ai pas besoin de continuer mes études...

— Ma mère péterait les plombs en entendant des trucs

comme ça ! Mais, tu n'as pas d'autres ambitions ?

Je cherche mes mots pour ne pas le vexer. Ce n'est pourtant pas mon habitude. Ce garçon a l'air bien équilibré, quelle drôle d'idée de vouloir pêcher toute sa vie !

— Je comprends... Tu penses qu'à seize ans, on a envie de faire autre chose de sa vie, c'est ça ?

— Oui, non, je ne sais pas... Moi, j'ai envie de gagner pas mal d'argent, avoir toutes les paires de baskets dont je rêve, l'idéal c'est une grande pièce où je les exposerai et je ferai visiter même !

— Si c'est ça qui te rend heureuse ! Moi, c'est l'océan, le calme, monter dans mon bateau et sentir le vent sur le visage, c'est nager le matin quand l'eau est encore fraîche. Et puis c'est trier mes poissons pour vendre à des gens dont je sais qu'ils vont se régaler un peu grâce à moi.

Ah oui ! Il est clairement perché sur une autre planète ! On est sacrément différent, la cohabitation risque d'être compliquée...

Nous arrivons, il jette l'ancre et avance le bateau le plus proche possible du rivage. Je ne tiens plus, je pose les bottes et je me mets pieds nus. Effectivement, les oiseaux sont assez impressionnants, en raison de leurs couleurs chatoyantes déjà, mais aussi par leur proximité. Ils s'approchent tellement près, comme s'ils étaient apprivoisés. Mon premier réflexe est de m'allonger sur le peu de sable disséminé sur le rivage. L'assise du bateau est peut-être chouette, mais pas du tout confortable. Tiago me recommande de faire attention au soleil même s'il se cache parfois. Et là, c'est le paradis : lunettes de soleil et bronzette. Il ne manque qu'un verre de soda pour agrémenter le moment et un paquet de chips. Mon esprit s'évade. Tiago part faire un tour, il me dit pouvoir trouver des palourdes. Moi, j'ai assez marché pour aujourd'hui. L'eau vient me narguer les pieds petit à petit. Puis, je m'assoupis...

Subitement, j'ouvre les yeux et la grosse tête de Tiago apparait devant moi me cachant le soleil. Il me secoue les épaules comme une poupée.

— Ça va, lâche-moi ! Qu'est-ce qui te prend ?

— Il faut qu'on reparte. Le vent se lève et j'ai peur que l'orage nous ralentisse. Prends les affaires, je vais enlever l'ancre.

— Il fait super beau ! Il n'y a pas d'orage ! Tu délires !

Et le voilà parti, il fait quelques pas et plonge. Je ne le

vois plus pendant quelques secondes. Il ressort plusieurs fois la tête de l'eau, puis y retourne. Le bateau ne risquait pas de partir bien loin, attaché comme ça !

Il le rapproche et je monte. Je n'ai aucune envie de remettre le gilet, les bottes et le bob. Puis, au moment où je pose le pied dans le bateau, je glisse et manque de tomber. Les baskets que je tiens à la main se gorgent d'eau.

— Zut, c'est pas vrai ! Elles ne vont jamais sécher. De l'eau salée en plus, ça ne doit pas être bon pour le tissu…

— Tu n'aurais pas dû prendre ces chaussures !

— Ce ne sont pas des chaussures, tu ne vois pas ? En soulevant mes baskets qui dégoulinent.

J'essaye de les essorer comme je peux puis je les expose à l'avant du bateau. Pendant ce temps, Tiago tente, en vain, de réamorcer le moteur. Cela fait déjà une dizaine de tentatives infructueuses. Je sens une sorte d'énervement dans l'air.

— Bon, impossible de le réamorcer… me sort-il calmement.

— Hé ben, vas-y, persévère, on ne sait jamais !

— La turbine est noyée. Je pense savoir d'où ça

vient… Pourtant, il ne le fait pas souvent…

— Ah oui, tout va bien alors si tu sais d'où ça vient !
TU PLAISANTES ! Tu m'amènes dans un bateau avec un
moteur bousillé ! Très prévoyant le pêcheur !

— Cesse de te plaindre ! Il y a des rames, ce n'est pas
grave. Je te guide. Quand je te dis à droite, tu rames à droite.

— C'est bon, je ne suis pas débile !

Elle est lourde cette rame. J'ai déjà fait du canoé, mais
les rames étaient hyper légères. J'ai mal au bras au bout de
quatre ou cinq mouvements. C'est répétitif et fatigant. Les
nuages emplissent totalement le ciel. Désormais, le soleil
disparaît complètement.

— J'ai l'impression qu'il y a plus de vagues que tout à
l'heure !

— Ce n'est pas une impression… Essaye de ramer en
rythme avec moi. Nous irons plus vite, me répond Tiago.

— T'es marrant ! J'ai super mal au bras, je change de
côté alors.

Maintenant, nous ramons de toutes nos forces.
Désormais, la chaleur laisse place à une légère brise, c'est
plus agréable pour faire un effort comme celui-ci. Mais, ce

n'en est pas moins fatigant. Alors, je tente de lui faire passer le message :

— On pourrait faire une pause, je n'en peux plus. Et puis, je boirai bien un peu.

— Oui, pas longtemps alors, me répond-il.

— Ben, donne-moi la bouteille !

— Je ne l'ai pas, c'est toi qui l'as prise !

— Quoi, elle n'est pas à tes pieds ?

— Tu as laissé ma gourde sur l'île !

— Comme tu dis, c'est ta gourde donc c'est toi le responsable !

— Mais quand je t'ai dit « prends les affaires », tu as compris quoi alors ?

La goutte d'eau qui fait déborder l'océan... Je me lève, légèrement énervée, tout en essayant de ne pas passer par-dessus bord. On ne me parle pas comme ça, moi. Pour qui se prend-il le pêcheur du dimanche ? Les bras sur la taille, tout en gardant l'équilibre, je m'adresse à lui.

— D'abord, ce n'est pas moi qui voulais aller faire mumuse sur l'eau, c'est mon grand-père ! Effectivement, je ne rame pas vite, tu as vu la taille de mes bras ! Donc, tu vas être plus gentil ou alors, tu vas ramer tout seul !

Puis, je me rassois, fière de moi. Ma mère dit souvent qu'il faut s'affirmer dans la vie !

— Parfait madame ! Je vais ralentir la cadence, mais le vent se lève et regarde là-bas les nuages ! Il ne faut pas trainer.

Finalement, il le prend bien. J'ai raison de le recadrer. Il se remet à ramer avec entrain. Après un rapide coup d'œil vers le ciel qui en effet s'obscurcit, puis à mes pieds, j'ai un énorme doute. Je ne trouve pas ma rame. Comme il n'y a pas dix mille endroits possibles, je dois en informer Tiago.

— Tiago, je dois te dire quelque chose et je pense que tu vas être un peu en colère.

À cet instant précis, comme pour marquer ce moment, une goutte me tombe sur le bras. Puis deux, puis trois pour arriver à une pluie fine, mais intense qui noircit le ciel. Je n'en reviens pas, la vitesse à laquelle le mauvais temps s'installe. Tiago ne se retournant pas, rame maintenant beaucoup plus vite.

— Emma, essaye d'accélérer, nous faisons du surplace. En plus, nous perdons le cap.

— Euh justement, je pense que j'ai perdu la... rame...

Là, il se tourne, regarde le fond du bateau puis me fixe de ses yeux sombres. D'ailleurs, ceux-ci me semblent bien plus noirs qu'hier.

— Tu as QUOI ?

— C'est quand je me suis levée tout à l'heure, je n'ai peut-être pas fixé la rame et elle a dû... couler...

Tiago ne répond rien. Étonnant. Cette capacité à garder son calme en toute circonstance, je suis impressionnée... Il se remet à ramer et me crie d'appeler mon grand-père. La pluie assombrit l'atmosphère et les vagues deviennent de plus en plus violentes, à tel point que j'échappe presque le téléphone des mains. Pas de réseau évidemment. Même les appels d'urgence ne passent pas. Le bateau tangue dangereusement. Tiago me balance le gilet resté à ses pieds. Sans broncher, je le remets. Lui n'en a pas. Je suis désormais trempée ; j'ai froid. J'essaye de me tenir sur les bords, car les vagues soulèvent le bateau sans arrêt. En même temps, je ne veux pas perturber Tiago en plein effort. Mais, je ne discerne plus la petite île ni le rivage de Tamino. En fait, j'ai l'impression que nous sommes perdus, entre les deux. Il faut crier pour s'entendre. Le vent frappe nos visages, mon bob que j'ai remis aux premières gouttes s'est envolé. Tiago me lance un regard glacial et désespéré.

— Emma, nous allons rester au maximum dans le bateau, mais si on doit se retourner, on a la bouée de sauvetage. Il faudra t'accrocher.

— Comment ça ! On ne va quand même pas se retourner. Et toi ?

— Je me débrouillerai… Je ne peux pas faire ça à Kaï. Il est tout pour moi…

— Faire quoi ?

— Laisser sa petite-fille se noyer !

J'avale ma salive. La peur m'envahit. Je réalise que la situation est catastrophique. Et quand, dans les films, les personnages disent voir défiler toute leur vie, et bien, c'est exact. Malgré mes quinze petites années de vie, dont j'ai oublié la première partie, je revois mes parents, mes amis, et même mes demi-frères… C'est pour dire !

Tiago cesse de ramer, l'eau remplit le fond du bateau à chaque vague que l'on se prend de plein fouet. Mes pieds nus sont glacés. Je grelotte de froid. De peur aussi.

— Tiago, je suis désolée. Je suis vraiment désolée… C'est ma faute, j'aurais dû faire attention à cette rame.

— Ça n'aurait rien changé. Tiens-toi au bord et espérons qu'un bateau nous verra !

— Mais personne ne navigue avec ce temps…

Tiago ne répond pas. Il sait qu'aucun bateau ne sortira par cet orage. Les plus gros naviguent plus loin des côtes et les pêcheurs sont rentrés au port. J'admire son courage. Moi, je pleure. Les larmes roulent sur mes joues, mélangées à l'eau salée. Je peine à ouvrir les yeux tellement le vent et la pluie deviennent violents. À force de cramponner le rebord de toutes mes forces, je ne sens plus mes doigts crispés sur le bois. Je regrette mon comportement capricieux. Si j'étais restée à Paris, rien ne serait arrivé. J'ai quinze ans, je suis trop jeune pour mourir noyée… Pour mourir tout court.

Et puis, l'inévitable renversement du petit bateau se produit. Mon corps se laisse couler. Ma jambe tape violemment quelque chose que j'ai du mal à définir. La douleur me fait presque crier. Après avoir bu la tasse, ma tête ressort enfin. La barque s'éloigne de moi aussi vite qu'elle s'est renversée. Je n'ai pas pu récupérer la bouée. Et Tiago, je ne le vois pas !

— Tiago ! Tiago !

Les vagues me recouvrent la tête toutes les trois

secondes. Impossible d'entendre ou de distinguer quoi que ce soit. Comment ai-je pu en arriver là ? Il y a quelques heures, j'étais encore chez moi, sur mon lit, en train de jouer sur mon téléphone. Une crampe. J'ai une crampe dans le mollet. Je suis exténuée. Heureusement, le gilet me maintient la tête hors de l'eau. Sans effort. Je n'arrête pas d'avaler de l'eau... Peut-être est-ce une punition ? Pour mon mauvais comportement des derniers mois... Après tout, tout est de ma faute. C'est à cause de moi... Tout est à cause de moi...

Je mérite de mourir...

Elle, elle voulait vivre...

8

Renouveau

— Ça y est, elle se réveille enfin !

La voix de mon grand-père adoucit l'atmosphère. Il m'apparait encore flou. Il est penché sur moi et m'applique un gant sur le front. J'ai très chaud. Mais, je suis vivante !

— Tu as dormi presque 14 heures… Continue-t-il, je savais que tu étais une grosse dormeuse, mais à ce point !

J'essaye de relever la tête, mais elle me parait si lourde. Je me sens comme engourdie de partout. Un plaid me recouvre le corps que je découvre nu. Un semblant de lucidité me vient alors :

— Et Tiago ?

— Ne t'inquiète pas ! Il va bien, il ne va pas tarder. Vous avez eu une sacrée chance tous les deux !

Il part dans la cuisine faire chauffer de l'eau. Je viens

de survivre à un naufrage, je ne mérite pas de tasse de chicorée... Il poursuit son récit.

— Quand j'ai vu que vous n'étiez toujours pas revenus et que le temps se dégradait encore, je suis parti au port. Je me suis douté qu'il y avait un problème parce que sinon Tiago serait rentré. Son bateau n'était plus amarré, j'ai compris. J'ai mis un moment avant de vous trouver. Mais, j'ai rapidement calculé qu'avec les courants, vous alliez dériver nord, nord-ouest. Je crois qu'il était moins une quand je t'ai repêchée. Et la fusée de détresse de Tiago m'a bien aidée.

— Je... Je ne savais pas qu'il en avait tiré une...

— Il a su attendre le dernier moment, étant donné le manque de visibilité de cet épais brouillard, avant que le bateau ne chavire. Le médecin m'a dit que tout allait bien, pour vous deux. Tiago n'a pas perdu connaissance lui. Tu peux aller t'habiller, nous devons parler.

— C'est ce qu'on est en train de faire, il me semble !

Je ne parviens pas trop à le cerner. Va-t-il me sermonner, comme mon père ? Ou bien me féliciter pour mon courage ? Je me demande qui m'a enlevé mes vêtements au passage.

Je m'enroule dans la couverture et monte m'habiller.

Tiago arrive peu après alors que je suis sur le point de redescendre.

— J'ai hésité alors j'ai pris un peu de tout ! Emma, tu es enfin réveillée ! Tu as beaucoup dormi !

Bon, cette fois, si je n'ai pas compris...

— Tiago ! lui dis-je, je suis contente de voir que tout s'est bien terminé.

Il me sourit et va installer les croissants et diverses viennoiseries sur la table. En les observant, je ne peux que constater que ces deux hommes sont heureux ensemble, pour peu de choses. L'odeur des viennoiseries, et même de la chicorée, attire mes narines et me donne envie de sourire. Chose que je ne faisais plus depuis un moment.

Nous mangeons comme des rois. Tiago a dévalisé la boulangerie et je pense qu'il en est même assez fier. D'après mon grand-père, ce genre de petit plaisir ne fait pas partie de leur quotidien et reste exceptionnel. Nous racontons notre excursion, l'île, la perte de la rame. Mon grand-père nous fait le récit du sauvetage. Nous avons eu de la chance, c'est vrai. Et puis, à la fin de ce brunch sucré, il reprend la parole d'un ton sévère, comme pour annoncer une mauvaise nouvelle. Tiago baisse la tête. Il doit savoir de quoi il s'agit.

— Emma, ton séjour doit s'arrêter là. Avec Tiago, nous préférons que tu rentres. Je t'invite à faire ta valise, je t'accompagne à l'aéroport dans la soirée. Il y a un vol. Il est tard, mais tu seras chez toi pour le reste de la nuit. J'ai été content de te connaître, un peu plus.

La stupeur doit se voir sur mon visage. Je ne m'attendais pas du tout à ça. Son discours tout prêt qu'il a sans doute répété plusieurs fois dans sa tête. En plus, Tiago est impliqué. Ils ont décidé ça tous les deux. Je suis surprise. Pourquoi ? C'est à cause de ce qui vient de se passer, de l'orage ?

Tiago se lève et se colle au meuble derrière lui. Ses bras croisés montrent sa désapprobation. Mon grand-père a l'air attristé.

— Emma, je suis responsable de toi, ici. J'ai failli à ma tâche. Je n'aurais pas dû te laisser partir en bateau. Tout est de ma faute !

— Pas du tout Kaï, c'est ma faute ! Annonce Tiago, je n'ai pas fait attention à l'heure et si j'avais réparé le problème du moteur, rien de tout ça ne serait arrivé.

— Sans vous contrarier, je pense que c'est aussi un peu de ma faute…

— Je ne peux pas te garder ici Emma. Je suis âgé maintenant et avec Tiago, nous avons notre quotidien, enchaîne mon grand-père.

Franchement, il abuse. Je suis un « poids » si je comprends bien ! Ses paroles me demandent de partir et ses yeux disent le contraire. Il m'énerve. Je me lève, et me dirige vers l'échelle. J'ai envie de pleurer, mais je ne sais pas pourquoi. Je ne voulais pas rester ici de toute manière alors c'est étrange d'en être triste. Et puis, un déclic me fait me stopper. Je ne suis pas du genre à accepter sans rien dire quand je ne suis pas d'accord. Je me tourne vers eux, je prends une grande inspiration et je lâche :

— Franchement, vous avez tort tous les deux parce que j'ai mis un peu de piment dans votre vie ! Vous êtes tellement dans votre routine quotidienne que vous ne voyez rien ! Tiago, tu dis être heureux à tel point que tu n'as plus d'amis et de familles autour de toi, personne, tu ne vas même plus au lycée ! Et toi grand-père, « Kaï », tu abandonnes à la moindre difficulté, tu fuis le moindre bonheur dans ta vie, connaître mieux ta famille de métropole par exemple ou également Annabelle qui est folle de toi et qui attend un peu d'attention de ta part ! Il y a encore des photos de grand-mère partout alors qu'elle est morte il y a vingt ans...

Presque essoufflée, affaiblie, je monte les barreaux et pars de ce pas faire ma valise. Ce sera rapide étant donné le peu sorti par manque de place. Je suis exténuée, mais il fallait que je leur dise. Par la fenêtre, j'observe un petit oiseau qui fait son nid. Dans son bec, quelques brindilles viennent se rajouter aux autres déjà en forme. C'est un travail énorme pour un animal si menu. Alors que je plie un tee-shirt, je découvre, accrochée par les lacets, suspendue à une cordelette entre les deux chambres : ma paire de baskets. Visiblement, celle-ci a été lavée et finit de sécher. Je ne pensais pas les revoir. Mon grand-père arrive à ce moment-là en se tenant sur les rambardes.

— C'est Tiago qui les a vues, elles flottaient non loin de lui. Un gros coup de bol ! Je les ai lavées à la main.

— C'est... C'est gentil et elles sentent bon...

— Oui, peut-être, j'ai utilisé une fleur d'ici dont nous nous servons pour le linge. Elle parfume et permet d'enlever le sel. Bref, j'imagine que cela ne t'intéresse pas...

— Non. Enfin si. C'est nouveau pour moi tout ça.

— Pour moi aussi tu sais ! Je n'ai pas été là pour élever ta mère, j'étais toujours absent. La pêche a été ma seule contrainte et ma seule responsabilité. Je n'ai pas su être père donc je ne peux pas être un bon grand-père.

— Je ne suis peut-être pas la « petite-fille » idéale non plus…

— Bon, j'ai réfléchi… Tiago est d'accord avec moi. On va te laisser une deuxième chance. Je vais m'accorder une seconde chance aussi. Tu peux rester si tu en as envie bien sûr ! Mais désormais, ce sera les règles de la maison, compris ?

— Oui, compris. Merci !

J'ai presque envie que l'on se prenne dans les bras, mais cette image reste une image. Ni mon grand-père ni moi ne sommes de cette nature-là.

— Au fait... La voisine, Annabelle, tu penses vraiment qu'elle est amoureuse de moi ?

— Totalement ! Aucun doute à avoir !

Je me sens mieux. D'après le médecin, encore un peu de repos serait judicieux. Selon lui, j'ai vécu une expérience traumatisante, il ne faut pas me brusquer. Ce n'est pas la première. Mais ça, il ne le sait pas. Personne ne le sait dans cette maison. Finalement, ça va plutôt pas mal.

Je prends un livre, un peu au hasard sur l'étagère. Une

sorte de roman avec une histoire de pirates. Puis, je laisse mon esprit s'évader. Tiago me propose d'aller me promener sur le port, dès que je me sens prête. J'accepte volontiers. Il me soumet même l'idée de m'arrêter au petit tabac-presse pour voir si je ne trouverai pas mieux que ce vieux livre qui sent le rancit. C'est une bonne idée.

9

Croyance

Cela fait drôle de retourner à Port-Claron. Je ne suis pas prête à remonter dans un bateau, je crois. Tiago pense que cette peur passera. Je ne suis pas si sûre... Nous marchons tranquillement, pas de stress. Pour une fois, je profite de l'instant, sans réfléchir au futur ou au passé... C'est assez nouveau pour moi...

Tiago connaît tout le monde, il salue des tas de gens. Il a l'air d'être apprécié. Il me laisse faire mes achats au tabac-presse pendant qu'il discute avec un type à la voix grave fumant le cigare, un pêcheur certainement.

Bon, l'endroit est minuscule. Je me dirige vers les magazines et en feuillette quelques-uns au hasard. Avant, j'étais au courant de la vie des *people*, de leurs amours, de leurs soucis existentiels de mode, mais depuis quelque temps, ça ne m'intéresse plus tant que ça. La femme derrière le comptoir me regarde nonchalamment. Elle arbore même un air très désagréable. Si elle reçoit tous les clients de cette manière, elle ne doit pas vendre grand-chose. Derrière elle, les paquets de cigarettes et les fameuses photos horribles de cancer et autres maladies. Pourtant... Un moment c'est vrai que j'étais attirée. Peut-être plus par l'envie de braver l'interdit... C'est sans doute ce qui a poussé mes parents à me faire partir. C'était une manière pour moi d'échapper à ces pensées négatives à longueur de journée. Je reconnais que cela n'a rien changé. Je suis toujours aussi perdue et malheureuse. Alors, je tends le magazine à cette femme et sors quelques pièces.

— C'est son portrait craché ! me dit-elle avec un grand sourire.

Je ne comprends pas tout de suite sa remarque, mais elle me fait des signes de tête me montrant la couverture du magazine. C'est Lili Rose Depp qui pose en maillot de bain.

— Oui, c'est vrai, lui dis-je, je reconnais qu'elle ressemble à Vanessa Paradis !

Finalement, elle n'est pas si désagréable que ça cette femme. Je l'ai jugée trop rapidement. Revenons à l'essentiel, moi ! Cette fois, j'ai tout prévu : un sac à dos, de l'eau, mes lunettes, une casquette et un téléphone chargé qui ne servira à rien, mais qui est chargé. Le mien repose à des dizaines de mètres sous l'eau, paix à son âme... Mon grand-père m'a confié le sien, un téléphone à clapet, *incassable* selon lui ! Inclassable aussi ! Il a fallu expliquer le naufrage du mien à ma mère pour qu'elle fasse le nécessaire auprès de l'opérateur. J'ai omis quelques détails, il n'y a pas que le smartphone qui a pris l'eau... Pour le moment, j'arrive à m'en passer, mais je ne sais pas comment je serai dans une semaine : sans mon téléphone !

Tiago me propose de nous installer devant la jetée, sur un banc. La luminosité commence à s'estomper et nous allons pouvoir admirer un beau coucher de soleil. J'apprécie que Tiago prenne le temps de rester avec moi. Je ne connais personne ici.

— C'est gentil de ta part de rester avec moi. Tu as sans doute mieux à faire.

— Non. Je suis assez indépendant. Et puis j'aime bien ta compagnie, à part quand tu râles !

Bon, je ne vais pas m'agacer, je me remets tout juste d'une noyade. Mais, il ne perd rien pour attendre.

— Tu n'as rien amené, pas de livre, de musique à écouter ?

— Non, rien. J'aime bien ces moments calmes. Je suis

habitué depuis que je suis petit.

— Tu étais jeune quand tes parents sont morts ?

— Oui, en fait, je ne m'en souviens pas. D'après Kaï, j'avais trois ans et demi.

— C'est étrange, c'est à la même période qu'il a cessé de nous voir. Et puis, il t'a recueilli...

— Ta grand-mère était décédée et mes parents, enfin surtout mon père était ami avec ton grand-père, son meilleur ami. Pour lui, il était logique de s'occuper de moi.

— Tu es... heureux ici avec lui ? Enfin je veux dire, tu n'as pas envie d'aller au lycée, faire du sport, avoir des copains de notre âge ?

— C'est Kaï ma famille maintenant ! Je n'ai besoin de rien d'autre. La pêche me suffit.

Tamino, c'est bien pour les vacances, mais pas pour toute la vie. Tiago, je le trouve particulier, mais je ne sais pas si c'est positif ou négatif. Il a tout de même un côté charmant que j'aime bien. Ses boucles brunes anarchiques et sa peau de métisse le rendent plutôt mignon. J'ai envie d'en savoir plus sur lui.

— Tu es de quel signe ?

Tiago me regarde comme si je lui demandais la capitale du Kazakhstan. Alors, j'enchaîne :

— Je cherche mon horoscope pour cette semaine ! Je suis Bélier !

— Une bête à cornes quoi !

— Pardon, oui et alors ?

— Une forte tête, un caractère rebelle et têtu, toujours pressé, des gens qui foncent tête baissée avant de réfléchir, répond-il de façon désinvolte.

— Hé bien ! Pour quelqu'un qui ne lit pas les horoscopes, tu sais un paquet de choses sur certains signes ! On parle de moi quand même ! Attention ! Je vais lire mon horoscope de la semaine alors si ça ne te dérange pas, j'apprécierais que tu ne fasses pas de remarques déplacées.

Tiago me fait signe qu'il n'ouvrira pas la bouche.

— *Cette semaine, la chance sourira aux béliers ! Vous entreprendrez de nouvelles choses qui ne vous laisseront pas indifférentes. En amour, réfléchissez avant d'agir, ne suivez pas trop vite vos impulsions ! Un être cher vous confiera ses secrets. Au travail, les dossiers s'entassent, veillez à ne pas prendre de retard. Santé, tout va pour le mieux, pensez à bien vous hydrater !*

— Pfff, je ne comprends pas que tu crois en ces trucs naïfs ! annonce-t-il.

— Parce que toi tu es convaincu de l'inverse ? Regarde, c'est pourtant moi, tout ce qui m'arrive. Ça colle !

— L'astrologie te fait imaginer qu'il y a un lien entre ta vie à toi et une potentielle interprétation céleste des astres. C'est tout simplement impossible selon moi. Futile et assez crédule de croire en ces ramassis de prévisions d'horoscopes.

— Hé bien, dis donc ! Et c'est moi qui râle !

Il me prend le magazine des mains.

— N'importe lequel de ces horoscopes pourrait convenir à n'importe qui, peu importe ton signe d'ailleurs. Regarde, « *la chance sourira aux béliers* », évidemment, tout le monde a de la chance un moment ou un autre au cours de sa journée. « *Vous entreprendrez de nouvelles choses* », heureusement ! Et puis : « *elles ne te laisseront pas indifférente* », mais encore heureusement ! Sinon, tu ne les ferais pas ! En amour, « *il faut que tu réfléchisses avant d'agir* », là encore, qui pourrait te dire d'agir et puis de réfléchir après ? « *Quelqu'un te confiera ses secrets* », bon, dans ton entourage tu as toujours quelqu'un qui a envie de te dire un truc nouveau. Et le travail, « *veillez à ne pas prendre trop de retard* » pour toi, c'est sûr que ce sont les cahiers que tu n'ouvres plus et ton brevet que tu ne passeras pas... Mais, ça s'appliquerait à n'importe qui ! Moi, j'ai loupé deux jours de pêche alors je suis en retard dans mes livraisons !

Son discours me laisse perplexe. Mais, je ne m'avoue pas vaincue pour autant :

— Et pour la santé, ils me disent de bien m'hydrater ! comme a conseillé le médecin.

— Oui, comme tous les gens sur terre !

Voyant ma déception en refermant le magazine d'un seul coup, Tiago me prend la main.

— Emma, je ne te dis pas de ne plus les lire, mais juste de ne pas y accorder trop d'importance. Laisse faire le destin !

— Cela signifie que tu ne crois en rien toi ? Tu es terre à terre en fait. Consulter un horoscope, c'est un peu rêver qu'il peut t'arriver des choses vraiment sympas !

— Mouais...

Son comportement me désespère. J'ai besoin d'un peu de folie, d'un peu de bonne humeur et il vient tout briser. Je suis partagée. Est-ce que ce garçon atypique est quelqu'un qui peut devenir un ami, n'est-il pas un peu trop coincé ?

Le coucher de soleil est magnifique. Le rouge orangé fait ressortir la beauté de la côte. Autour de nous, nombre de pêcheurs partent pour la pêche du soir. Selon Tiago, il faudra que j'essaye. Selon moi, pas encore.

Tiago a hâte de repartir titiller le poisson, comme il dit. Le médecin, comme moi, lui a conseillé de ralentir un peu les prochains jours. À la pointe du port, un gros bateau noir attire mon attention.

— Ce bateau là-bas ! Il ressemble à celui de Jack Sparrow ! Le Black Pearl !

— Je crois que c'est une copie, pour les touristes justement. Il doit proposer des promenades en mer en mode déco de pirates.

— Mais pourquoi est-il amarré ici ? Il n'y a pas de touristes dans cette zone.

— Je ne sais pas, il doit faire ses chargements. Il vient de temps en temps.

— Viens, on va le voir de plus près !

Je me lève spontanément et m'apprête à découvrir ce

beau bateau d'un peu plus près. Tiago me retient par le bras et me fait comprendre que ce n'est pas le moment.

— Lâche-moi ! Pourquoi n'est-ce pas le moment ? On a le temps et mon grand-père nous attend pour diner, mais dans une heure.

— Tu te souviens aussi que tu as dit que tu suivrais les règles ? Kaï ne veut pas qu'on traine trop près des quais de chargement.

— Allez, rentrons !

— Pffff, tu n'es vraiment pas marrant...

J'ai la réponse à ma question du coup... Qu'est-ce qu'il est pénible avec ses règles, ses habitudes, ses horaires !

10

Tristesse

Cabinet de la pédopsychiatre — avril 2021

— Emma, aujourd'hui, je te propose que tu me parles d'une journée agréable, n'importe laquelle pour toi, avec ta famille ou des amis.

— Je ne sais pas trop... Il n'y a pas de « journée agréable » chez moi depuis pas mal de temps...

— Je pense que si, au contraire, mais tu ne les vois plus. Essayons, tu pourrais évoquer un moment heureux, où tu as ressenti plein de bonnes ondes.

Rien ne me vient à l'esprit mis à part de la tristesse. J'ai beau chercher au fond de ma mémoire, rien. Et puis, j'aperçois une petite peluche marron, posée sur un coin de l'étagère du cabinet. Cet ours me fait immédiatement penser à elle.

— La fête foraine de février... C'était un samedi, il

faisait super beau. On était plusieurs, cinq ou six, je ne sais plus. Chacun voulait faire des trucs différents. Les garçons sont partis d'un côté et les filles de l'autre. Il y avait un nouveau manège à sensation, une sorte de grosse navette spatiale qui remuait dans tous les sens. On s'est tous retrouvé devant, on avait peur, mais excité à la fois. Certains amis avaient vraiment la trouille, mais on s'est promis de le faire tous ou personne ne le faisait !

Je vois ma psy qui fait des signes de tête réguliers et me sourit de temps en temps. À quoi peuvent bien servir ces séances ? Je parle, elle écoute et puis alors ?

— Certains ont vomi derrière les barrières, moi, c'était limite. Mais on a vraiment bien ri, après s'être moqué des ventres sensibles. On a testé les machines pour attraper des peluches. Simon voulait à tout prix *Pikachu*. Après avoir tenté une douzaine de fois et laissé un billet de vingt euros, il est reparti avec *Olaf...* Là encore, c'était drôle.

— Tu as apprécié ce moment entre amis ?

— Oui. Mais...

— Raconte-moi la fin de cet après-midi.

— On a continué par du tir à la carabine, j'avais une amie qui tenait à tout prix à essayer. Moi, je connaissais déjà et je savais que je n'étais pas très douée. J'ai gagné un verre, que j'ai cassé depuis.

— Et ton amie ?

— Elle s'en est bien sortie, presque tous les ballons ont été éclatés et elle est repartie avec une peluche.

— À quoi ressemblait cette peluche ?

— Un petit ours, brun, pas très grand avec un nœud rose autour du cou.

Les yeux commencent à me piquer. Je ne sais pas pourquoi alors je suis en train de raconter une journée plutôt agréable. J'aimerais qu'elle ne s'en rende pas compte.

— Et puis, avant de rentrer, on a acheté des tas de trucs à manger. Des barbapapas pour certains, des churros pour d'autres.

— Tu sais Emma, tu as le droit d'être triste... J'ai comme l'impression que tu refoules cette tristesse...

Je comprends ce qu'elle me dit, mais moi, je veux juste cesser d'être triste.

C'est tout. Simplement que cette souffrance s'arrête pour toujours.

11

Douceur

Tamino — juin 2021

Voilà maintenant trois semaines que je suis ici. Le temps passe rapidement finalement. Nous prenons tous les trois de petites habitudes. Je suis même remontée dans un bateau lors d'une pêche matinale. Mais, je ne le referai plus ! Se lever à quatre heures du matin, attendre désespérément dans le froid et dans le noir, des poissons qui faisaient surement la grasse matinée, ce n'est pas pour moi !

Je ne dirai pas qu'avec grand-père nous sommes devenus vraiment proches, mais c'est beaucoup mieux. Il est souvent absent, je le vois très peu finalement. Il bricole, détruit, reconstruit puis repeint. Je prends le temps de préparer des petits repas, pas très élaboré étant donné mon niveau de cuisine. J'achète les ingrédients et je teste. Parfois, c'est réussi, d'autres fois un peu moins, mais ils ne m'en veulent jamais. J'ai déjà lu deux romans et j'attaque le troisième.

Finalement, ce n'est pas si mal de lire dans une chaise longue avec le bruit des vagues en fond.

Tiago me dit que je souris de plus en plus et que c'est agréable. Je ne m'en rends pas compte. Mon téléphone me manque bien un peu. J'ai encore le réflexe de vouloir aller consulter mes messages plusieurs fois dans la journée. En fait, c'est assez difficile de ne pas savoir ce qui se passe ailleurs qu'ici... Ma mère va bien, elle a pris six kilos. Elle se plaindra après quand il faudra les perdre ! Les bébés vont bien. Mon père aussi. Mais, c'est un peu comme si le temps s'était arrêté. Je suis loin de tout, des réseaux sociaux, des amis et de la vie quoi !

Demain, grand-père propose de passer la journée à Barnville. Nous partirons en voiture, il me montrera le lac principal et nous irons à la fête. Pour lui, c'est encore un attrape-touriste, mais devant les yeux ébahis et impatients de Tiago puis des miens, il craque. Je sais qu'il prend sur lui, emprunter une voiture et conduire tout ce temps. Il le fait pour moi, pour nous deux.

Il n'est que six heures quand le réveil, que j'ai envie de balancer par la fenêtre, sonne. Les garçons le savent désormais, pas question de me parler avant au moins neuf heures. Je suis un peu au radar, mais je me prépare et monte dans la voiture. Tiago est un vrai moulin à parole ce matin. Je ne l'ai jamais vu autant poser de questions et du coup grand-père devient ultra bavard lui aussi !

Après une petite sieste de fin de nuit, j'ouvre les yeux embués devant ce que grand-père appelle « le lac des merveilles ». Je reconnais que c'est beau. La végétation est verdoyante et recouvre les abords de cette étendue d'eau d'un bleu turquoise. Celle-ci me semble tellement pure.

— Tu as raté le pont ! On a essayé de te réveiller, mais tu nous as marmonné un petit « foutez-moi la paix ! », me déclare Tiago en se retournant.

— C'est mon inconscient qui a parlé... Pourquoi s'appelle-t-il « le lac des merveilles » ?

Je me surprends moi-même à poser cette question. D'ordinaire, ce qui se passe en dehors de ma chambre m'intéresse assez peu. Mon père, grand féru d'histoire et de nature, a déjà essayé de me montrer des endroits qu'il nomme « incroyablement riche ! ». Malgré ses efforts, il n'a souvent récolté que de simples « ouais, c'est pas mal... »

Là, j'admets que l'endroit est presque « incroyable » ! Et puis, le calme, la plénitude ressentie, je ne sais pas, c'est peut-être ça. À ce moment-là, j'aurais aimé avoir mon téléphone et l'appeler... Peut-être prendre des photos et lui envoyer.

— Aucune idée ! me répond mon grand-père, il est très beau, l'eau est pure. C'est un peu le joyau de l'île !

Nous continuons la route maintenant que je suis réveillée, je me rends compte que l'état des routes secondaires est une catastrophe sur l'île. Tout est fait pour les touristes, mais rien pour les habitants.

Barnville est immense. Je suis contente de poser un pied à terre, même Tiago est limite tout vert. Il faut dire qu'entre grand-père qui ne conduit pas souvent et le fait qu'il tourne et tourne encore pour chercher une place pour finalement revenir à la première repérée un quart d'heure auparavant...

Le monde et le bruit font l'effet d'une rafale déferlant sur nous. Nous sommes tous les trois gênés par cette cohue et tous ces cris d'enfants. Il nous faut quelques minutes pour nous habituer.

Les touristes ont l'air de se préoccuper plus des innombrables boutiques le long de la plage que de la fête. Avec Tiago, nous découvrons enfin les manèges avec exaltation. Il n'est jamais monté dans aucun d'eux. Je prends les choses en main et les emmène directement vers une sorte de train à grande vitesse. Au début, même grand-père apprécie et puis il comprend que le train va faire marche arrière ! Et là, c'est le drame ! À la descente, il ne perd pas une minute avant de me pourrir d'animosité. Bref, il nous suivra, mais ne montera plus dans aucun « engin à moteur » comme il dit.

Tiago, quant à lui, adore et en demande encore. Grand-père nous offre une barbapapa chacun alors que nous sortons du palais des glaces. Tiago n'en a jamais goûté et se jette sur le sucre effilé en s'en mettant plein les doigts. Je prends cette gourmandise dans la main, à contrecœur.

— Tu n'aimes pas ça Emma ? me demande grand-père.

— Si bien sûr, qui n'aime pas les barbapapas ?

Je capture le sucre vaporeux entre les doigts et avale cette chose délicatement imperceptible. Une larme d'émotion m'envahit. Elle roule sur ma joue alors que j'essaye de ne rien montrer. Tiago s'aperçoit pourtant de mon mal-être.

— Emma, si tu n'en veux pas, donne-la-moi, je la finirai.

— Ça va aller. Cela ne changera rien...

— Tu vois, c'est l'avantage de ne pas avoir partagé de souvenir du passé avec ma famille, je ne suis jamais nostalgique !

Sa remarque me transperce comme une flèche. Ne pas avoir d'histoires familiales revient à ne pas vivre pour moi. J'aimerais ne garder que les moments heureux et ne plus jamais penser aux moments malheureux.

— Viens Emma ! Tu vois cette machine punching-ball, si je tape dedans et que *Hulk* apparait, alors tu souris tout le reste de la journée ?

— Tu n'y arriveras jamais, tu as vu tes bras de crevettes ?

— Une crevette n'a pas de bras ! Donc, tu prends le pari ou non ?

— OK, si ça te chante. Mais, si tu perds alors tu feras tout ce que je veux jusqu'à ce soir !

Le garçon remonte ses manches invisibles puisqu'il est en tee-shirt. Il se met en condition, comme un boxeur prêt à se lancer sur le ring. Devant un petit public plus que curieux, impatient de découvrir la sentence, Tiago s'échauffe le bras droit, alors qu'il me semble pourtant gaucher... Puis, d'un geste puissant, tape de toutes ses forces dans cette boule de cuir qui vibre. La machine émet des sonneries magistrales pour finalement arrêter la barre sur : *Groot*.

Le visage de Tiago est méconnaissable. Il croyait vraiment défier Hulk ? Grand-père éclate de rire, car la photo de Groot représenté par un arbre ne convainc pas Tiago.

— Mais, qui c'est cette branche ?

— Ce n'est pas une branche, c'est un arbre, un personnage important de Marvel !

J'ai comme l'impression de lui parler hébreu. L'univers *Marvel* lui dit vaguement quelque chose, mais il n'a vu aucun film. Nous passons donc le reste de l'après-midi à évoquer les différents personnages et leurs superpouvoirs. D'ailleurs, grand-père semble aussi s'intéresser, même si je sais qu'aussitôt arrivé à la maison, il aura tout oublié.

Et finalement, alors que Tiago a perdu, assez naturellement, le sourire me revient pour le reste de la journée.

12

Charme

Grand-père ramène la voiture à son voisin et au préalable nous pose au port. Avec Tiago, nous devons faire quelques courses. La journée me semble passer tellement vite. Tout en douceur. Elle ravive des sentiments tristes, mais elle permet à mon esprit de s'évader même si certaines pensées ne quittent pas ma tête. Tiago arbore un sourire qui fait vraiment plaisir. Il ne cesse de parler sur le trajet du retour alors que je n'ose pas lui avouer que je m'assoupis par moment.

Alors que nous sommes sur le chemin pour revenir à la maison, Tiago s'arrête net et me regarde fixement.

— Emma, est-ce que tu sais garder un secret ?

— Évidemment ! Je lui fais un signe de la tête.

— Alors, suis-moi, je vais te montrer quelque chose. Même Kaï n'est pas au courant !

Dès lors, il pique ma curiosité. Il m'entraine dans une

petite ruelle, puis dans une autre. Nous marchons pendant plusieurs minutes. Outre le fait d'être un port, Port-Claron est devenu une ville fantôme, dépourvue de ses habitants. Nous finissons devant un entrepôt à la porte grise taguée.

— C'est là ! crie-t-il enjoué.

— Que voulais-tu me montrer ? Un vieil entrepôt désaffecté qui doit servir de squat dans le quartier ?

— Non, ferme les yeux…

Au début, j'ai des doutes. Finalement, je ne le connais pas plus que ça Tiago. Il m'emmène dans une ruelle où il n'y a pas un chat, il fait quasiment nuit et je n'ai rien pour me défendre à part cette poche remplie de légumes.

Mais, je ferme les yeux…

Je discerne clairement un bruit de ferraille. Que peut-il bien y avoir derrière ? Tiago fait glisser la lourde porte qui me grince aux oreilles. Puis, il me demande si je suis prête.

Quand j'ouvre les yeux, ce que je vois est à peine croyable. Tiago est planté là, devant moi, un large sourire qui lui remplit le visage. Il attend ma réaction.

— Ouah ! C'est un bateau ! C'est le tien ?

Le voilà parti exécutant quelques pas de danse dans un sens, puis dans un autre, tout en touchant délicatement la coque en bois.

— Tout à fait ! Je suis dessus depuis plusieurs mois, en fait cela fait plus d'un an. Je l'ai dessiné puis petit à petit, j'achète le bois dont j'ai besoin. J'y travaille dès que j'ai un peu de temps. C'était mon rêve depuis aussi longtemps que je me souvienne. Ce sera mon bateau.

L'œuvre se dresse là, fière, devant moi, rehaussé et mis en valeur par d'énormes supports de fer. Il semble immense d'en bas. Tiago me confirme qu'il pourra accueillir au moins quatre personnes. Je suis assez subjuguée par la beauté de sa réalisation. Le bateau brillerait presque.

— J'ai utilisé de l'acacia, mais aussi du robinier. Ce sont des essences de bois parfaites pour ce genre de bateau. Il sera résistant, solide et surtout durable. Il me reste encore du travail comme tu le vois, mais il commence à prendre forme. Comment tu le trouves ?

— Il est magnifique ! Et c'est toi qui le construis seul ? Je suis surprise. C'est un projet incroyable !

J'ai du mal à trouver mes mots mis à part lui dire des banalités… Je ne peux que reconnaître son courage et son talent indéniable pour réaliser une telle prouesse, sans aucune aide.

Plus il poursuit ses explications et plus je découvre de termes de marins dont je n'avais pas connaissance. Une question me vient alors.

— Comment as-tu fait pour courber les lames de bois ? C'est sans doute idiot comme question…

— Non, pas du tout, en fait, il faut anticiper, choisir les lames dont je vais avoir besoin et à force de les laisser entre des serrages pendant plusieurs jours, alors le bois prend la courbure que je souhaite.

— Que veux-tu faire ensuite, quand il sera terminé ?

— Et bien, aller pêcher déjà ! Peut-être faire un tour de l'île de Tamino quand je serai à l'aise avec.

— C'est un beau projet…

Tiago est fier. Il se rapproche de moi, me prend la main et me fait monter la petite échelle afin d'observer l'intérieur. En redescendant, il guette ma réaction.

— Personne d'autre n'est au courant, Kaï sait que je loue l'entrepôt et même s'il se doute, il n'a jamais vu le bateau. Tu es… tu es la seule…

— J'ai compris. Je suis contente que tu me fasses suffisamment confiance.

Et comme pour mettre « pause » à cet instant, j'ai envie de lui témoigner mon admiration. D'emblée, je l'embrasse sur la bouche. Un baiser furtif, simple, spontané. Son visage montre de l'étonnement. Mais, il semble ravi. Alors, il se rapproche encore de moi, jusqu'à ce que je sente son souffle sur mon visage. Puis, ses lèvres rejoignent les miennes pour un long baiser. Aucun de nous deux n'a envie de s'arrêter. Ce genre de baiser qui donne le tournis. Qui donne des ailes.

C'est un chat qui miaule qui nous fait sursauter. Nous nous dévisageons quelques secondes, sans dire un mot. L'incompréhension de ce qui vient de nous arriver surement. Tiago regarde sa montre et me propose de rentrer. Il referme la porte et nous prenons le chemin du retour. Main dans la main. Rien n'est important. Nous sommes comme sur un nuage, peut-être une bulle de bonheur simple. Le port se vide. Le soleil est en grande partie couché.

De nouveau, au bout du quai, le grand voilier noir est amarré là avec quelques hommes qui gravitent autour. Je profite de l'euphorie de notre baiser pour convaincre Tiago de faire un léger détour.

— Allez ! Tiago, juste une minute ! Je te rappelle que tu as perdu ! Et puis tu sais « Pirates des Caraïbes » est un de mes films préférés ! Je t'ai suivi pour aller découvrir ton secret !

Après un petit moment d'hésitation, il renonce à argumenter et accepte.

— Allez OK, approchons-nous !

13

Inattendu

Nous marchons vers ce bateau que j'ai trop envie de voir de près. J'imagine un pirate surgir de nulle part et prendre la barre en criant qu'il a remis la main sur son bateau. D'après Tiago, celui-ci sert aux touristes de l'autre côté de l'île. Il leur propose une balade en mer et longe les côtes de Tamino sur quelques kilomètres. L'excursion ne m'attire pas trop même si Tiago me suggère, sans en avoir envie, de découvrir Saint-Oméry, le coin le plus touristique de l'île. Aussitôt arrivés, des types nous regardent avec insistance l'air de demander ce qu'on fait là. Tiago marmonne que nous venons juste admirer le bateau. Mais, les quelques personnes présentes n'ont pas envie de discuter. Ils conversent discrètement entre eux. Puis, l'un des hommes restés sur le quai s'approche de nous.

— Vous ne devriez pas rester là les jeunes.

— Le quai est à tout le monde !

Tiago est surpris par ma réponse, mais c'est bien vrai, pourquoi il vient nous casser les pieds alors qu'on ne fait rien de mal ?

Je pense avoir agacé le type qui ressemble plus à *Obélix* qu'à *Orlando Bloom*.

— Tirez-vous !

Tiago me saisit le bras. Seulement, je ne supporte pas qu'on me parle de cette manière.

— Que faites-vous pour vouloir à tout prix vous cacher des gens comme ça ?

Et Tiago se pose la main sur le front en soufflant. Mais, après tout, ai-je mis le doigt sur quelque chose qu'il ne fallait pas ? Le grand baraqué fait quelques pas puis vient se coller à moi du haut de son mètre quatre-vingt-dix.

— Tu ne comprends pas quand on te parle toi ! Tire-toi avec ton petit-copain. On bosse là et on n'aime pas les spectateurs.

— D'abord, ce n'est pas mon petit-copain, ensuite, ton bateau finalement, il n'est pas si beau que ça !

Et alors que je me retourne pour repartir, un des gars lâche un paquet qui s'écrase sur le quai. Tous les deux tournons la tête en direction du petit tas de poudre blanche. Tiago réagit plus vite que moi et me crie qu'on doit y aller. Le type baraqué hurle à ses copains de nous courir après. Et, seulement à ce moment-là, je me mets à réagir. Tiago prend de l'avance. Je laisse tomber le sac de course dans la précipitation. Trois hommes nous poursuivent désormais. Au bout de trente mètres, l'un d'eux me plaque violemment au sol et m'empêche de crier en me mettant la main sur la bouche. Avec la pénombre presque totale, j'ai des difficultés à apercevoir Tiago au loin suivi par les deux autres.

Mon cœur bat vite. Très vite. Je ne réalise pas ce qui s'est passé. Nous avons juste voulu admirer un bateau. C'est vrai que ces types ne semblent pas très clairs, mais je ne pouvais pas savoir. En me relevant, les bras dans le dos, serrés par des mains rugueuses, je crie « Tiago » et c'est le choc. Le coup que l'on vient de m'asséner sur la tête me déstabilise à tel point que je m'étale à nouveau sur le quai. La douleur est atroce, mais aucun son ne sort de ma bouche.

Et c'est le néant.

Je perds connaissance.

Le réveil est affreux. J'ai mal à la tête, comme si on

m'avait frappé avec une grosse casserole. J'ai terriblement soif. Il fait presque noir, je ne discerne pas grand-chose. Je pense que je suis dans une cale au fond du bateau. J'entends des bruits au-dessus de moi, des bruits de pas, des rires aussi. Est-ce la douleur qui me résonne dans la tête ? J'ai l'impression de vivre un cauchemar. En fait, je n'y crois pas. Il faudrait que je me pince la peau, mais mes mains sont liées. Je n'ai aucune idée de l'heure qu'il est. Combien ai-je passé de temps en étant inconsciente ? Et Tiago, où est-il ? J'ai une sorte de ruban adhésif sur la bouche. Je suis assise le long d'une colonne en bois, pieds et poings attachés.

La peur et la panique m'envahissent. Je transpire beaucoup, car il fait chaud, mais aussi parce que je sens que je perds mon sang-froid. Il faut que je me calme. Dès que j'essaye de respirer normalement, mes pensées torturées repartent vers ces types... Puis, je m'efforce de retrouver toutes mes facultés de réflexion. S'ils avaient voulu me supprimer, ils l'auraient déjà fait. Ce ne sont donc pas des tueurs... Simplement des trafiquants de drogue... Enfin, peut-être pas... J'ai juste vu des choses qu'il ne fallait pas voir. Et, ils ne savent pas quoi faire de moi. Ils ont peur que je parle. Maintenant, je dois les convaincre que je ne dirai rien, évidemment.

Les voix se rapprochent. Certaines paroles m'ont l'air

d'être espagnoles ou alors, c'est encore mon mal de tête qui me joue des tours. Cette fois, j'en suis sûre, quelqu'un rentre. Un homme. Il tient une lampe torche dans les mains et avance jusqu'à moi. L'endroit où je suis doit être grand, je suis tout au fond. Il est à quelques mètres, sans que je puisse le reconnaître, il ricane et m'éblouit avec sa lumière dans les yeux.

— Alors, comme ça, c'est toi, la petite curieuse ?

Je m'efforce de remuer mon corps, de crier, mais le seul son qui sort est un cri étouffé derrière du scotch. Si je lui montre que je suis calme, il me l'enlèvera peut-être.

— Attention, si tu cries, tu sais ce que je vais faire ?

Je lui fais signe que je ne dirai rien. Muette comme une tombe…

Voyant que je coopère, il se rapproche et m'arrache violemment l'adhésif. Ça y est, je suis épilée de la moustache, si j'en avais une.

Et un hurlement strident retentit, c'est le mien, « À l'aide ! ». Mais, le ricanement de l'homme reprend de plus belle.

— C'était un test, que tu as brillamment raté ! Nous

sommes au large des côtes. Personne ne t'entendra. C'est comme tu veux, soit tu continues à t'égosiller, soit tu arrêtes ?

Au large des côtes ? Par conséquent, nous avons quitté Port-Claron ! Comment Tiago va-t-il me retrouver ? Les larmes me viennent alors que je baisse la tête.

— S'il vous plait, pourquoi m'avoir enlevé ? Je ne vous ai rien fait ? Laissez-moi partir... S'il vous plait...

Trop de pression. Mes larmes roulent au sol, mon nez coule. L'homme me dit que j'aurai dû obéir et partir avant.

— Qu'est-ce que vous allez faire de moi ?

— Pour le moment, rien. Nous avons encore deux jours à passer sur Tamino et ensuite tchao ! Nous repartons en Espagne. D'ici là, on aura trouvé quoi faire de toi. Je suis venu t'apporter de l'eau.

Et il me jette une petite bouteille.

— Vous voulez que je boive avec les pieds ?

Le ton méchant que j'emploie n'est sans doute pas approprié face à de dangereux trafiquants, mais la fatigue et la colère parlent d'abord. Je me rends compte que ce type, bien qu'imposant par sa taille et sa carrure, n'a pas l'air de me vouloir de mal. Une faille de sensibilité ?

— Détachez-moi au moins les mains, juste les mains !

— Pas question ! Tu m'as l'air trop maligne toi ! Et puis, le chef ne veut pas prendre de risque. Je vais te faire boire.

Et, voilà mon kidnappeur accroupi me donnant de l'eau. Gorgée par gorgée. Je n'en reviens toujours pas. Je discerne sur sa montre qu'il est vingt-trois heures. Tiago s'est sans doute échappé. Il va prévenir grand-père et la police. Demain matin, je vais me réveiller et je serai dans mon lit. Tout va s'arranger.

Il me laisse là seule et sans réponse. J'essaye d'obtenir un peu de sympathie de sa part, mais il ne réagit pas. Je vais rester dans cette position pour dormir. Le sommeil ne viendra certainement pas, mais la nuit risque de me sembler très longue. Les voix s'estompent. Effectivement, cela ne servira à rien de crier. Je n'ai même plus de larmes à verser. La colère laisse place au désespoir. Mes paupières sont lourdes de fatigue émotionnelle. Tout repose désormais sur Tiago. Il aurait pu faire demi-tour quand il a vu que je m'étais fait prendre. Il a détalé plus vite qu'un lapin devant un chasseur. Je n'ai pas compris tout de suite. J'espère au moins que sa lâcheté et son manque de courage se révéleront utiles.

J'aimerais pouvoir avancer le temps et être à demain

matin. Je suis sûre que j'aurai une bonne surprise et que ce mauvais rêve s'arrêtera. Mon horoscope me l'avait pourtant prédit.

14

Impatience

Ma tête me fait toujours mal. Mon ventre gargouille. J'ai faim. J'ai très peu dormi. Je me suis certainement plus assoupie qu'endormie, mais cette position inconfortable ne m'a pas permis de me détendre. Je n'ai pas les idées totalement claires, mais je perçois de l'agitation sur le bateau. J'observe la cale qui ressemble à une énorme plate-forme de bois. Des paquets et des bidons sont entreposés un peu partout. Des tonnes de carton sont entassées anarchiquement. Une chose est sûre, ce ne sont pas des gens « organisés ». Pour s'être fait prendre en flagrant délit de trafic de cette manière, de toute façon, on pouvait s'en douter. Mais la drogue n'est pas là, elle doit être en lieu sûr. J'entends des bruits provenant du pont. Ça s'agite en haut. Le bateau est reparti. Nous naviguons, cette fois, j'en suis certaine. La porte du fond s'ouvre avec un grincement digne des plus grands films d'horreur. Tiago est projeté en avant poussé par un des hommes. Ils viennent à moi. Je ne sais pas si je dois être heureuse de le voir ou tout simplement déçue qu'il n'ait pas pu s'échapper et ramener des secours.

— Tiago !

— Avance, et installe-toi à côté de ta copine, pas d'entourloupe, je t'attache et je t'enlève le scotch.

Je montre à Tiago qu'il vaut mieux faire ce qu'il dit. Ne pas crier. Mon regard essaye de le rassurer. L'homme arrache violemment le bâillon et balance à terre mon ami. Tiago ne réagit pas. Il est à un mètre de moi. Nous ne pouvons pas nous toucher, mais ce n'est pas grave. Finalement, je suis soulagée qu'il soit là. C'est bête, pourtant c'est le cas.

— Emma, ça va ? Ils ne t'ont pas fait de mal ?

— Mis à part le coup sur la tête, ça va. Et toi ?

— Hé ! Les tourtereaux, je suis encore là, vous discuterez après. Profitez-en ! Ce soir, on reprend la mer…

Notre kidnappeur repart sur ces paroles nous laissant sans voix.

— Emma, je suis désolé, j'ai essayé, mais les deux hommes ont réussi à me rattraper. On a passé la nuit dans leur repaire.

— Mais pourquoi ne t'ont-ils pas amené hier soir ?

— Ils avaient besoin de finir des trucs… de trafiquants d'après ce que j'ai compris. Je ne sais même pas où ils m'ont emmené. Ils m'ont mis un sac sur la tête. Je sais qu'on a roulé un peu et après, je me suis réveillé avec le sac à nouveau sur la tête.

— Le bateau est reparti, ils vont surement faire des excursions comme si de rien n'était ! Il faut qu'on prévienne la police !

— Comment ? questionne Tiago, de toute manière, dès ce soir, nous serons fixés.

— Comment ça ? Ils ne vont quand même pas nous…

— Emma, on a été témoin de leur trafic de drogue. Ils ne peuvent pas nous laisser repartir comme ça.

— On pourrait promettre de ne rien dire…

— Tu crois que ces hommes plaisantent ? Tu penses vraiment qu'ils vont prendre le risque de nous libérer ?

Il a raison. Tous les espoirs de sortir de cette cale s'envolent. Grand-père doit s'inquiéter. Et ni lui, ni personne ne sait où l'on se trouve. Je réalise la gravité de la situation à cet instant. Pourtant, j'ai comme l'impression que plus rien ne me touche. Mon sort est entre les mains de dangereux contrebandiers, malgré tout...

— Tu avais raison Tiago, en fait, je...

Et le voilà qui me coupe la parole sans même me regarder.

— Je sais, j'aurai dû m'écouter, ne pas aller sur ce quai, respecter les conseils de Kaï, courir plus vite, refuser que tu viennes ici nous pourrir la vie...

— Euh, non, je n'allais pas dire ça... Juste que l'on s'habitue à tout. Je n'ai plus le mal de mer !

— Tes remarques ne servent à rien, comme d'habitude... Ce n'est pas ça qui va nous faire sortir !

Non, mais, pour qui se prend-il encore ? Bon, j'ai un peu insisté, c'est vrai. Et grand-père devait s'en douter puisqu'il nous déconseillait d'aller nous balader au bout du quai. OK. Mais, c'est ma faute à moi si cette île est maudite ? Entre les orages et les escrocs ?

Je constate que Tiago a deux visages, dont un, un peu moins sympathique que le premier. Nous ne devons pas nous disperser, mais plutôt réfléchir à la suite. Être plus malins que ces imbéciles.

— Je me demande bien ce que ferait *Jack Sparrow* dans une telle situation !

— Pfff, Emma, c'est un film ! N'importe quoi !

— Et alors ? Ça peut servir dans la vie… On pourrait leur proposer de l'argent, une rançon, mes parents pourraient payer !

— Non, c'est ridicule… Ils sont déjà riches ! Ils vendent de la drogue !

— Tu veux bien arrêter de me contredire sans arrêt ! Moi, au moins, je cherche une solution…

— Je réfléchis, comme toi, mais je ne vois pas…

Les minutes passent sans qu'aucun de nous deux ne parle. Tiago peut trouver un moyen, il est tellement malin. Il peut construire un bateau seul de ses propres mains ! Pourquoi ne pourrait-il pas nous sortir de là ? J'ai besoin d'évacuer mon stress, il m'empêche de réfléchir. Je chantonne pour libérer ces angoisses. Un conseil de ma psy. Un air de *Miley Cirus*…

— Tu chantes maintenant ?

— Ça me détend. J'aime bien *Wrecking ball.*

— Qui veut dire quoi ?

— Euh, j'en sais rien moi ! Tu en as de ces questions toi !

— Tu aimes bien cette chanson et tu ne comprends pas ce qu'elle dit ! Étrange.

— En réfléchissant, je pourrai trouver… Elle parle de balles, de boulets de démolition, je crois. Bref, et toi tu n'as pas un artiste que tu apprécies ?

— Non, enfin si peut-être un, je ne sais pas si on peut le considérer comme un artiste…

— Vas-y, dis-moi, au point où nous en sommes, j'aimerais bien en savoir plus sur toi ! Tiago qui écoute quoi ? De l'accordéon ? Jacques Brel ? De la valse musette ?

— Je te dis que ce n'est pas un artiste, enfin pas comme tu l'entends… J'aime bien le *commandant Cousteau*.

— Ah oui ! On est loin de la musique…

Je ne peux m'empêcher de sourire, car finalement je ne suis pas plus surprise que ça par sa réponse. Même si ce nom me dit vaguement quelque chose, évidemment, je préfère lui dire que je connais Cousteau parce que je n'ai pas envie de passer pour une inculte, encore une fois…

Maintenant, Tiago gesticule, allongé sur le sol, et se tord dans tous les sens.

— Mais qu'est-ce que tu fais ?

— J'ai un couteau dans ma chaussette droite, j'essaye de l'attraper.

Étonnée par cette révélation, j'entrevois une pointe d'espoir. Je ne peux malheureusement pas l'aider. J'ai presque mal pour lui tellement il se contorsionne.

À force de quelques centimètres gagnés à chaque étirement, Tiago réussit à tirer brutalement le couteau de sa chaussette qu'il fait glisser dans ma direction.

— C'est bon ! Je vais l'attraper et après j'essaye de me libérer les mains.

En rapprochant l'objet, le désespoir m'envahit et je ne peux me retenir :

— Mais, c'est quoi cet ustensile ?

— Un couteau pour lever les filets de poisson !

— Tu plaisantes, on dirait un couteau de dinette ?

— Si ça ne te va pas, donne-le-moi... Tu crois que je me balade avec un couteau de tueur sur moi ! Celui-là, il appartenait à mon père. C'est Kaï qui me l'a offert. Il permet de travailler le poisson délicatement afin de séparer les arêtes de la chair.

— Si ça ne te dérange pas, pour le cours de Top Chef poissonnerie, on verra plus tard ! J'essaye de couper la corde et j'en ai pour environ DIX MILLE ANS !

— Ton souci Emma, c'est que tu n'es jamais satisfaite de rien !

Mais qu'est-ce qu'il me saoule ! On est prisonnier au fond d'une cale de bateau par des trafiquants de drogue et lui continue à me donner des leçons de morale !

Je n'y arriverai jamais… À cette allure-là… Il faut trouver autre chose. Et je me mets à crier suffisamment fort pour que les hommes rappliquent ici.

— Hé ho, les gars, il y a quelqu'un ? Hé ho !

— Qu'est-ce que tu fais ? me demande Tiago apeuré.

— J'essaye de nous faire libérer…

— C'est comme ça que tu communiques tout le temps ? Ça ne t'est pas venu à l'esprit de m'en parler avant !

— Suis mon plan, c'est tout… Un homme arrive…

— Mais quel plan ? chuchote Tiago…

— Alors, c'est quoi le problème encore ? nous interroge un type au ventre bedonnant.

— Je veux aller aux toilettes !

— On n'a pas de toilettes ici… Retiens-toi petite !

Toujours aussi aimable celui-là. J'insiste :

— Je sais qu'il y en a, on est sur un bateau de touristes. Alors, soit tu m'emmènes tout de suite, soit je hurle jusqu'à ce que ton chef comprenne que tu es un incompétent total parce que tu n'arrives pas à faire taire une gamine !

— OK, je te détache et on y va, mais je te surveille…

— Oui, je sais « pas d'entourloupe ! »

Il se baisse et avec son poids, manque de trébucher en mettant le genou à terre. Il me lève par le bras. Je jette un regard à Tiago pour lui faire comprendre qu'il faut agir à mon retour. Mais, au vu de ce qu'il me renvoie, je comprends qu'il ne comprend rien…

Aux toilettes, je prends le temps de réfléchir à chacun de mes gestes à l'avance. La fenêtre de tir n'est pas grande. Je sais que je n'aurai pas d'autres occasions. Dès lors que l'excursion aura commencé, ils nous bâillonneront et nous rattacheront. Il faut agir vite et bien. Peut-être aurais-je dû en discuter avec Tiago... Le gros kidnappeur frappe à la porte, bien gentiment.

À mon retour, je constate qu'ils ne sont pas nombreux sur le bateau. Pas plus de cinq. Le capitaine est celui qui est le mieux habillé, en tenue de pirate. Les autres sont là pour faire figuration. Celui qui me tient fermement le bras doit être chargé de nous surveiller, mais ne doit pas servir à grand-chose.

— Tu as des baskets sympas ! On n'en trouve pas par ici.

— Si tu veux, je te les offre ! En échange de notre libération ! On ne dira rien, c'est promis...

Il faut bien le tenter ! Mais son ricanement montre bien qu'il n'est pas si crédule, malgré ce que je pense de lui.

À mon retour, Tiago n'a pas bougé, évidemment. À sa tête, il se sent rassuré de me voir revenir en un seul morceau. Je dois profiter d'avoir les mains libres. Alors, soudain, au moment de m'asseoir, je sors furtivement le couteau « à poisson » et le plante de toutes mes forces dans l'abdomen de mon kidnappeur. Celui-ci, surpris par le geste, lève la tête pour chercher mon regard innocent. Puis, alors qu'il se tient le ventre, j'attrape une rame accrochée le long de la coque et tout se passe très vite. Je lui assène un coup sur la tête qui le fait tomber comme une crêpe à terre. Malheureusement, ses cris vont attirer le reste de l'équipage. Je saisis un couteau, un vrai, accroché le long de sa poche et détache Tiago.

— Qu'est-ce que tu as fait Emma ? Tu as tué cet homme ?

— Pffff, ta naïveté m'étonnera toujours ! Bien sûr que non, tu as vu le ventre qu'il a ! C'est une petite égratignure que je lui ai faite, je te rappelle que c'est un couteau à poisson !

— Et le coup de rame sur la tête ?

— Il a la tête dure, pas d'inquiétude. Mais, c'est vrai que j'y ai peut-être été un peu fort ! Maintenant, il faut sortir de ce bateau.

— Tu pensais faire comment ?

— Hé bien, mon plan s'arrêtait là en fait !

Je réalise à cet instant l'étendue des dégâts. Des hommes, dangereux trafiquants, vont surgir d'un instant à l'autre. Nous sommes deux adolescents, quasiment sans défense. Comment allons-nous nous échapper, sans nous refaire piéger ?

15

Dépression

Cabinet de la pédopsychiatre — mai 2021

— Alors Emma, comment vas-tu ? Comment se sont passés ces derniers jours ?

— Je dirai « moyen »… Je n'ai pas trop le moral… Ma mère répète sans arrêt qu'elle en a marre de moi…

— C'est vraiment ce qu'elle dit ou c'est ton interprétation ?

— Ouais, je ne sais pas trop… En fait, elle a raison… Moi-même, j'en ai assez de ma vie…

— Nous en avons déjà parlé, mais avec le temps, tu retrouveras petit à petit le sourire, l'envie d'aller de l'avant.

— En attendant, c'est long… Ma mère dit des trucs vraiment *chelous*. Elle pense que je n'ai qu'à sortir, voir des gens, faire du sport et que tout ira mieux ! Alors que moi, je n'ai qu'une envie : ne rien faire !

— Tu sais, les proches ont souvent des paroles culpabilisantes alors qu'ils ne veulent que ton bonheur. Justement, elle ne sait pas comment s'y prendre. Laisse-lui le temps aussi !

— Ouais…

— Tu penses qu'elle est heureuse de te voir triste ?

— En tout cas, elle s'en moque. Elle achète plein de trucs pour les bébés et elle redécore la maison. Oui, en fait, elle s'en moque !

— C'est sa manière à elle de passer à autre chose après ce que tu as vécu, sa manière de tourner la page.

— C'est compliqué la vie. Je ne suis pas prête à ça. Je n'ai rien demandé, moi.

Ma psy me demande si j'ai essayé d'écrire cette lettre dont elle m'avait parlé. J'ai effectivement tenté de noter quelques mots, mais je me suis arrêtée à la première phrase, après j'ai eu envie de pleurer. J'ai jeté la feuille.

— Emma, persévère un peu ! C'est un bon début déjà. Ne culpabilise pas, car cette lettre pourra se faire quand tu seras prête et en plusieurs étapes. C'est important de lui écrire ces quelques mots...

— Je vais voir... Parfois, j'ai dix mille trucs à lui dire, et d'autres fois, je n'ai rien à lui dire...

— À toi de trouver le bon moment Emma.

Cet air niais qu'avait ma psy au début, je ne l'aimais pas trop et puis finalement... Son côté cool et coincé à la fois me plait bien. Elle a changé la déco, elle a mis de nouveaux coussins. Ils sont chouettes, un mélange de rouge et de fils ocre. En fin de compte, elle fait comme ma mère. Elle a sans doute besoin de passer à autre chose après toutes ces lamentations entendues dans une journée.

16

Force

Tamino — juin 2021

— Donne-moi la rame, me dit-il. Je reste derrière la porte. Dès qu'un homme rentre, je l'assomme.

— Je suis capable de le faire ! Pourquoi te donner cette rame ?

— Emma, tu veux vraiment qu'on discute de ça maintenant ?

— Bon, OK, mais je vais essayer de me charger du second, ensuite, on sort et on les enferme à l'intérieur de la cale.

Un type surgit en ouvrant violemment la grosse porte de bois. Tiago ne perd pas une seconde et se jette sur lui en le frappant d'un coup de rame dans le dos. Celui-ci s'écroule. Mais un second le suit et s'en prend à Tiago en le désarmant. Je ne sais pas quoi faire. Le premier kidnappeur a un genou à terre et se tient le dos. Il faut que j'agisse avant qu'il ne se relève. Le couteau de l'homme que l'on a attaché est encore au sol. Seulement, je ne suis pas capable de faire ce geste. Pourtant, je regarde l'arme à quelques mètres de moi et me précipite pour la saisir. Je pointe le couteau vers le kidnappeur qui me rejoint lentement. Mes bras tremblent de peur.

— Laisse tomber petite ! Pose ce couteau ! Qu'est-ce que tu comptes en faire ?

J'entends les cris de Tiago qui se prend des coups. Mais, force de courage, je l'aperçois qui continue de se défendre. Il se montre même assez vif et plutôt opportuniste.

— Laissez-nous partir ! Nous sommes des adolescents ! Vous ne voulez pas être coupables de kidnapping en plus ?

— OK, alors pose ce couteau délicatement au sol... Pobre niño...

— Je ne suis pas une enfant !

Alors que la situation est au plus mal pour nous, l'homme se jette sur moi et tente de me faire lâcher l'arme. Il me serre tellement fort le bras que la douleur me fait ouvrir la main. Déséquilibrée, je tombe au sol. En colère et désarmée.

— On les rattache Pédro ! Ils commencent à me casser les pieds ces deux-là. Je ne sais pas pourquoi on les garde encore.

Le deuxième homme, Pédro, semble-t-il, arrive derrière Tiago qui a les bras dans le dos et le visage meurtri. Le troisième revient enfin à lui, certainement le bruit. Du sang traverse son tee-shirt et forme une grosse auréole rougeâtre, ce qui fait ressortir son ventre. Il s'approche de moi en boîtant :

— Toi la niña, je t'aimais bien pourtant... Tendant sa main pour me gifler.

— Stop Mario ! Laisse-là ! Le chef a dit de ne pas les toucher.

Après Pédro, Mario, où est Luigi ? Dans un autre contexte, j'aurai fait la blague qui aurait fait sourire Tiago. Mais, maintenant, l'heure est grave. Une idée me vient alors. Une idée folle et insensée. L'idée de la dernière chance.

Je sors un briquet de ma poche et profitant d'un moment d'accalmie alors qu'ils discutent, je me relève et m'éloigne de quelques pas. Non loin de moi, un bidon est entreposé et je tente un grand bluff :

— Maintenant, c'est moi qui commande !

Les doigts sur la molette, je suis prête à amorcer mon briquet, et me voilà fière comme un coq. Je mène l'action désormais et aucun n'ouvre la bouche pendant plusieurs secondes. Tiago est, lui aussi, surpris par mon geste.

— Vous avez compris ou je vous fais un dessin ? Alors, on va sortir de là ou je mets le feu à votre joli bateau et tout ce qui s'y trouve évidemment !

Pédro ou Mario, je ne sais plus lequel est qui, me conseille de me calmer. En me parlant comme à une gamine. Ce n'est pas comme ça que je vais m'arrêter.

— Niña, OK, on vous laisse partir et tu me donnes ce briquet ?

— Pas question ! Vous me prenez pour qui ? J'ai vu assez de trucs dans ce genre. Comment croyez-vous qu'un pirate arrive toujours à ses fins ? Il manipule tout le monde ! Donc, on va faire à ma façon. Vous allez poser vos armes et les jeter à Tiago. Ensuite, on va vider ce bidon jusqu'à la porte. Si vous êtes gentils, alors je ne mettrai pas le feu, sinon, bye bye les trafiquants !

— Mais, pobre niña ! Si tu mets le feu, on va tous y passer ! Ton ami et toi compris.

— Mais moi je n'ai plus rien à perdre. Parce que je

sais que vous ne nous laisserez jamais partir ! Mais c'est comme vous voulez ! On peut le tenter !

Les trois hommes se consultent en marmonnant, toujours moitié espagnol, moitié français. Chacun à leur tour, ils déposent leurs armes à leurs pieds et les poussent jusqu'à ceux de Tiago qui me regarde l'air déconfit. Il ne manquerait plus que je lui dise quoi faire avec ! Et c'est aussi à ce moment-là que je m'en rends compte que nos agresseurs ont de quoi se défendre et même défendre tout un régiment. Je n'ai jamais vu autant d'armes avant aujourd'hui. Et en l'espace de quelques minutes, je découvre que Tamino ne fait pas exception, le monde est pollué de malfrats en tous genres.

Avec l'aide de Tiago, nous déversons petit à petit le bidon jusqu'à la porte. L'odeur est affreuse. Pourtant, c'est peut-être l'odeur de la victoire. Tiago me fait les gros yeux quand il s'aperçoit que j'essaye de ne pas en répandre sur mes baskets. Nous convions gentiment les trois hommes à se mettre dos au mur, les bras sur la tête. Pour l'instant, ils attendent patiemment notre sortie. Je les trouve particulièrement coopérants. Je sais déjà ce que pense Tiago, ils sont conciliants, car ils envisagent de nous rattraper et de se débarrasser définitivement de nous.

Tiago remet le bidon droit ce qui projette une giclée

d'essence qui m'asperge la moitié de la jambe. Cette fois, mes baskets sont mortes.

— TIAGO MORALES, tu ne pouvais pas faire attention ! Pfff…

Je sais que dès lors que nous aurons fermé la porte, les trois hommes nous poursuivront. Mais, quel autre choix avons-nous ? J'hésite à allumer le briquet et Tiago pose sa main sur la mienne en me faisant signe de la tête. Nous ne sommes pas des meurtriers pyromanes, me dit-il. Ces hommes sont gouvernés par l'argent. Je ne peux pas mettre le feu au bateau en les laissant à l'intérieur.

Et nous partons, tous les deux, dans une course folle. Après avoir fermé la fameuse porte de la cale à clef, nous grimpons à toute allure les marches puis rejoignons le pont du bateau vide. Nous jetons les clefs à la mer. Les hommes sont à l'autre bout du pont, certainement dans la cabine. Nous sommes amarrés proches de la côte, mais suffisamment loin pour ne pas s'y risquer à la nage. Nous sautons dans un canot de sauvetage. Alors que je détache les liens, Tiago s'évertue à lacérer les autres bateaux de sauvetage. Selon lui, cela nous fera gagner du temps, car un bateau de cette taille est plus long à manœuvrer pour rejoindre la terre ferme que de simples embarcations de sauvetage.

Notre objectif avec Tiago est de pouvoir regagner la côte puis appeler les secours le plus rapidement possible. Je suis effrayée, comme jamais je l'ai été dans ma vie. Dans la précipitation, nous ne mettons pas les gilets. Tout se passe en silence. Inutile d'alerter le reste de l'équipage. Nous ne disons pas un mot. Quelques minutes suffisent pour qu'on parvienne au port de Saint-Oméry. Au loin, nous ne distinguons plus si nos kidnappeurs sont sortis. D'après l'empressement de Tiago, j'en conclus que nous n'avons pas une minute à perdre.

17

Angoisse

Nous courons… Beaucoup. Les touristes se promènent sur la jetée admirant les bateaux, dont celui où nous étions enfermés. S'ils savaient… Nous ne parlons à personne. Au bout d'un sprint digne des plus grands coureurs, nous parvenons au premier poste de police dans le cœur de la ville. Par chance, celui-ci était facile à trouver et Tiago, qui n'a jamais besoin de GPS, s'est montré réellement efficace.

Après quelques minutes de dialogue avec deux policiers, je suis prise d'un vertige. On m'amène de l'eau et des petites choses à grignoter. La nuit a été longue. La matinée est interminable. Je relâche la pression sans doute. Nous sommes en sécurité désormais. Personne ne viendra nous chercher ici et la police me rassure. Donc, je décompresse de tout ce stress. Tiago a l'air plus détendu que moi. Il parle beaucoup d'ailleurs, c'est lui qui décrit les hommes, leur cargaison, leur comportement avec précision. De temps en temps, un policier veut que je confirme et je fais un signe de tête en conséquence. L'interrogatoire, qui d'après ces professionnels, n'est pas un véritable interrogatoire, est ennuyeux au possible. Nous racontons notre histoire au moins cinq fois jusqu'à ce qu'un policier note par écrit notre récit. Nous avons même droit au portrait-robot. Tout le poste de police est à nos petits soins. Le commissaire est un jeune, nouvellement nommé à ce poste. Tous ont l'envie de faire cesser le trafic sur Tamino, peut-être trop toléré les années passées.

Un agent organise notre retour sur Port-Claron avec une voiture de police. Il nous affirme que tout ira bien pour nous, que les trafiquants sont recherchés depuis un moment, qu'ils vont démanteler ce trafic, qu'on peut dormir tranquille. Et nous repartons. Je ne pose pas la question à Tiago, mais je sais qu'il pense la même chose que moi. Serons-nous en sécurité chez grand-père ?

Celui-ci nous attend sur le pas de la porte pour nous accueillir les bras ouverts. Aussitôt après notre arrivée au commissariat, nous l'avons appelé pour le rassurer. Plus tard, il nous raconte qu'il avait demandé que des dizaines de pêcheurs partent en mer nous retrouver. Sauf que nous étions de l'autre côté de l'île ! Décidément, pour la seconde fois en peu de temps, j'ai affolé grand-père.

L'heure est au soulagement et aux retrouvailles. Je suis heureuse de le revoir et je constate qu'il s'est réellement inquiété. Il n'a pas prévenu ma famille, mais il était à deux doigts de le faire. Sachant qu'on aurait très faim après ce qu'on a vécu, grand-père a préparé des tonnes de crêpes. Je trouve l'attention craquante. Il sait que j'adore ça. Évidemment, je ne dis rien quand les premières me collent aux doigts et semblent légèrement ratées. Parfaites pour faire du modelage. Avec de la confiture, ça passe ! Et ça, les placards n'en manquent pas ! Tiago s'en avale une dizaine. Les vingt-quatre dernières heures lui ont creusé l'estomac... Moi aussi...

Malgré nos rires à tous les trois autour de ces gourmandises, nous évitons de parler de ce qui nous est arrivé. Les trafiquants, le kidnapping, la bagarre... Une fois les bleus de Tiago soignés, grand-père va faire une sieste, n'ayant pas fermé l'œil de la nuit. Ce n'est plus de son âge tout ce stress... Il se sent responsable, car il savait que des choses peu claires se passaient sous son nez. Et il n'a rien dit. Jamais. Nous déconseiller d'aller sur les quais le soir, est-ce suffisant ? N'aurait-il pas dû prévenir la police plutôt que de faire mine de ne rien savoir tout en restant sur ses gardes ? Une fois seuls, Tiago s'empresse de me demander :

— Pourquoi avais-tu un briquet dans tes poches ?

— On s'en fiche ! Et puis, il nous a un peu sauvé la vie ce briquet !

Le visage de Tiago se referme et il préfère s'isoler loin de moi alors que nous sommes dehors à contempler l'océan, l'esprit reposé.

— Tu vas où Tiago ?

— On n'est pas obligés de rester collés toute la journée ! J'ai des trucs à faire.

— Grand-père et la police ont demandé qu'on ne s'éloigne pas de la maison pendant quelques jours !

— Parce que toi tu écoutes toujours ce qu'on te dit de faire ?

Sur cette remarque grinçante, il part et me laisse seule sur ma chaise. Je n'ai plus envie de lire, je n'ai envie de rien d'ailleurs. Tiago a peut-être un peu raison, mais c'est un beau têtu en tout cas ! Heureusement qu'il est plus *beau* que *têtu*… C'est quand même grâce à moi qu'on a réussi à s'échapper !

18

Révélations

Une dizaine de jours s'écoulent sans que Tiago et moi échangions de vraies conversations. Nous nous limitons à quelques mots par-ci par-là, « passe-moi le sel ! » ou « merci ». Nous sommes tellement différents lui et moi. Jusqu'à présent, grand-père remarquait cette distance entre nous, mais n'intervenait pas.

Sauf ce matin…

— Tiago, Emma, pouvez-vous descendre ?

Je suis en train de me préparer dans ma chambre. Seule. Grand-père est assis, les bras croisés sur la table de la petite terrasse de bois. Son air sévère ne présage rien de bon.

— J'ai eu le commissariat ce matin au téléphone, commence-t-il, sans doute pour vous rassurer. Ils ont démantelé le réseau de trafic de drogue de l'île.

— C'est bien ça ! Non ? crié-je finalement hésitante.

— Oui, j'imagine, mais cela fait des années que tout le monde sait que les stupéfiants provenant des terres espagnoles arrivent ici et personne n'a jamais rien fait ! Je trouve ça étonnant, que simplement parce que vous avez dénoncé ces types, tout soit terminé !

Je n'ai jamais vu grand-père autant préoccupé. Et je ne comprends pas cette inquiétude. On lui annonce que tout est fini, et lui ne se satisfait pas de cela.

— Ils ont arrêté les hommes qui nous ont enfermés ? Interroge Tiago, qui restait passif jusqu'alors.

— Hé bien, je suppose, mais à vrai dire, je n'en sais rien. Le policier que j'ai eu ne s'est pas étendu. Il m'a déclaré, « soyez tranquille, les enfants ne craignent plus rien »…

Je ne peux m'empêcher de penser qu'ils nous ont pris pour des enfants irresponsables.

— Je préfère que vous restiez là encore quelque temps… Reprend grand-père.

— Quoi ? Enfermée dans la maison, sans rien à faire ! Je repars en métropole !

— Pareil pour moi ! Enfin, presque, je veux aller de nouveau à la pêche !

J'aurai bien rajouté : passer le restant de l'été avec ce garçon qui ne m'adresse plus la parole, non merci ! Mais, je m'abstiens. Notre baiser est loin. Très loin. C'est comme si j'avais vécu une superbe histoire d'amour où j'étais en couple et alors que nous ne sommes plus ensemble, on m'oblige à rester avec mon ex... Ben, en fait, c'est complètement ça ! Mais, je me retiens de le dire tout haut, car je constate que grand-père est soucieux et ce n'est pas mon couple qui le tracasse...

— C'est comme ça ! Si vous n'êtes pas contents, c'est pareil !

Mais c'est quoi ce caractère de cochon ? Il me reste encore plus d'un mois ici... Tiago est agacé, il fait les cent pas autour de la maison. C'est surement lui qui va craquer le premier et j'en rajouterai une couche pour faire céder grand-père.

— Kaï, on ne risque plus rien ! Pourquoi n'as-tu pas confiance en la police ? demande Tiago en se stoppant devant grand-père.

— C'est comme ça.

Alors là, c'est de la réponse ! J'ai comme un radar pour ce genre de mensonge. Je sens qu'il cache quelque chose. Il ne nous dit pas tout, c'est certain. On ne me dupe pas aussi facilement !

— Grand-père, tu ne voulais pas qu'on aille se promener vers les quais quand le bateau était là donc, tu savais que de la drogue circulait. Tu ne me contredis pas ? Alors, je continue. Tu as cautionné ce trafic, pourquoi ?

Je pique la curiosité de Tiago et visiblement je gêne grand-père qui change de sujet. Encore une fois. C'est très clairement un mauvais menteur qui est sur la défensive. Il joue mal la comédie. Ainsi, Tiago insiste à son tour. Et grand-père se lève, pousse violemment sa chaise dont le métal tombe au sol bruyamment.

— Je n'ai pas à me justifier. Je ne le peux pas. Simplement, écoutez-moi ! Faites-moi confiance. Ne retournez pas sur les quais… Vous êtes en sécurité ici.

— La confiance doit être réciproque. Pourquoi ne nous dis-tu pas ce que tu caches ?

C'est ma minute lucidité. J'adore ça. Obtenir ce que je veux et faire craquer les gens. Voyant l'indécision de grand-père, Tiago va chercher son sac à dos, passe rapidement devant nous et s'en va, car, selon lui, c'est irrespirable ici !

— Attends Tiago ! D'accord, reviens, je vais tout te

dire. Vous avez raison. Cela a trop perduré ! Je te dois la vérité. Mais, j'ai besoin d'un verre d'eau...

— Et une petite tartine avec de la confiture, aussi ?

Je regrette ma dernière phrase, ce n'est absolument pas le moment de faire de l'humour. Ce moment solennel semble durer une éternité. Dès lors, nous sommes tous les trois attablés, en attente de quelques mots de grand-père.

— Je ne sais pas par où commencer...

— Par le début Kaï ! Le début ! répond Tiago, impatient.

— Oui, c'est vrai. D'abord Tiago, tu es comme un fils pour moi, quand je t'ai recueilli tu étais si jeune... Et à cet âge, on ne se souvient de rien...

Je m'interroge sur ce qu'il va annoncer à Tiago qui transpire d'inquiétude de bon matin.

— À l'époque, j'étais déjà seul. Ta grand-mère Emma était décédée. Ton père à toi Tiago m'a demandé de m'occuper de toi et j'ai accepté. Je lui devais bien ça.

— Jusque là, je ne vois pas le souci. Je connais cette histoire ! Tiago, agacé, intervient une nouvelle fois.

— Hé bien, pour toi, tes parents sont décédés dans un naufrage en pleine mer lors d'une traversée pour l'Espagne.

Tiago acquiesce d'un signe de tête.

— En fait, ce n'est pas tout à fait vrai. Le bateau a bien fait naufrage, et il ne possédait pas assez de canots de sauvetage. Il avait été très mal entretenu. C'est pour cette raison que je veux que ton bateau soit parfait Tiago, parce que c'est important... Il y a eu un rescapé... Le commandant : ton père Tiago.

— Quoi ? Mais pourquoi m'avoir dit qu'il était mort ? C'est une blague ?

Tiago bout de colère. La rage qui l'empare se mélange à de la tristesse. Revivre le naufrage du bateau où étaient ses parents. Ce doit être difficile. Alors, j'essaye de le temporiser et lui fais signe de se rasseoir pour entendre la suite et laisser une chance à grand-père.

— Tiago ! Je n'ai pas eu le choix... Ton père a fait n'importe quoi... Il a... Je ne peux pas te le dire. Il m'a fait promettre.

— Mais, grand-père, Tiago a besoin de connaître toute la vérité et j'ai l'impression que tu ne nous dis pas tout !

Tiago repart dans la maison brutalement. Il évoque aussi ma famille que grand-père a délaissée, sa fille et sa petite fille. Toutes ces années de mensonges remontent à la surface et ont forcément des conséquences. Grand-père verse une larme en se cachant le visage aussitôt. C'en est trop pour lui.

— Je suis désolé Emma. Pour tout. J'aurais pu être un meilleur père et c'est vrai, je n'ai pas été à la hauteur de mon rôle de grand-père non plus.

— Rien n'est perdu ! Tu as l'occasion de te rattraper maintenant et repartir à zéro. C'est un peu ce qu'on fait en ce moment tous les deux !

Grand-père me regarde fixement et me sourit en apposant sa grande main sur la mienne. Ce simple geste m'émeut. Ce n'est pas quelqu'un de très tactile. Il ne montre pas facilement ses sentiments. C'est bien mon grand-père.

Il appelle Tiago et lui demande de revenir. Il va tout avouer. Et ne rien omettre. Tiago s'exécute. Il pleure. Son visage est troublé. En l'espace de quelques minutes, alors qu'il a toujours été orphelin, il apprend qu'il a un père puis l'instant d'après, qu'il ne le connaîtra jamais.

— Ton père est en prison, en métropole. Il purge une

peine de trente ans suite aux décès de l'équipage, dont ta mère.

— Je ne peux pas y croire… Pourquoi ? Je peux le voir alors ?

— Non, il ne veut pas.

— Parce qu'en plus, tu as des contacts avec lui ?

— Deux à trois fois dans l'année, je lui donne de tes nouvelles.

Et, une petite voix intervient alors dans ma tête. À ce moment-là, je me permets de donner mon avis.

— Trente ans, c'est énorme pour ce délit ?

Le regard de Tiago passe de grand-père à moi en espérant comprendre enfin le fin mot de son histoire.

— Il a été jugé sévèrement, il n'a pas voulu se défendre. En plus de la perte de son équipage dont ta mère Tiago, il a aussi été reconnu coupable de trafic de contrefaçon et trafic de drogue.

L'expression de mon visage a des difficultés à montrer autre chose que de la surprise. En fait, j'ai du mal à croire à une telle histoire, mais en même temps, tout s'explique.

Pourquoi grand-père voulait nous tenir à l'écart des trafiquants, pourquoi il a recueilli Tiago, pourquoi il n'a pas trop donné signe de vie ces dernières années.

— Je... Je ne comprends pas... Comment as-tu pu me cacher une chose aussi importante ? Implore Tiago.

— Ton père, c'est lui ! Il a tellement honte... Je reconnais que c'est ma faute aussi... Je m'excuse Tiago. J'étais au courant pour la contrebande de ton père. Je fermais simplement les yeux. Et puis, ta grand-mère Emma est tombée malade et je me suis juré de ne plus m'impliquer dans tout ça. Mais, j'aurais pu essayer de le faire changer d'avis.

Tiago ne répond pas. Son esprit est déjà parti loin. Il imaginait pouvoir parler à son père, treize ans après. Qu'aurait été leur relation s'il n'était pas en prison ? Peu importe. Une chose me tracasse finalement, dans ces révélations d'il y a plusieurs années, je ne vois pas le rapport avec notre histoire de kidnapping.

— Grand-père, toute cette histoire s'est passée il y a longtemps. Pourquoi racontes-tu cela à Tiago maintenant ?

— Parce que son père était tellement reconnu dans le milieu... Sur l'île entière, il était respecté, mais aussi recherché par tous. Il a pris pas mal d'argent lors de son départ pour cette fameuse traversée dont il n'est jamais revenu. Certains pourraient vouloir essayer de te retrouver Tiago s'ils apprenaient ton identité !

— Mais, je ne suis au courant de rien ! Je viens juste de découvrir son existence.

— Sauf que les trafiquants ne savent pas, eux !

19

Défi

Tamino — juillet 2021

— Échec et mat ! Clame Tiago.

— Tu es sûr ? Je vais plutôt faire avancer mon fou alors...

— Tu ne peux pas faire ça Emma, à chaque fois, c'est pareil !

— De toute manière la partie ne comptait pas, j'ai faim !

— Bien sûr, comme toutes les dernières, entre le bruit des oiseaux qui t'ont perturbée, le soleil qui tape sur le plateau ou ton ventre qui grouille... Je comprends que tu perdes !

J'espérais que cette partie allait tourner en ma faveur, mais Tiago est un joueur redoutable. Aux échecs seulement ! Lui et grand-père ne se parlent quasiment plus. Ce dernier tente des approches plus ou moins maladroites, mais rien n'y fait. Tiago a besoin de temps. Avec moi aussi. Grand-père l'accepte. Moi un peu moins... J'essaye de comprendre leur position à tous les deux et de me mettre à la place d'un ado qui croit avoir perdu ses deux parents, qui apprend que l'un d'eux est finalement vivant, mais que c'est un trafiquant de drogue. Il y a de quoi perdre pied, effectivement. Je réalise, ces derniers jours, que la vie n'est pas toute rose. Chez personne.

Au final, nous restons toujours proches de la maison. Plus de pêche et plus de promenades au port. On en a pas mal discuté, et si grand-père en est venu à avoir aussi peur pour nous, il doit y avoir des raisons. Et des raisons sérieuses.

La gentille voisine passe nous rendre visite, au moins une fois par jour. Elle trouve toujours une occasion, parfois un peu tirée par les cheveux. Franchement, je l'aime bien, elle apporte un peu de gaieté à la maison. Je vois bien que grand-père fait de « petits » efforts. Hier, il lui a demandé si elle voulait une tasse de chicorée. Alors, elle est restée dix minutes ! Ce qui est un record. J'adore sa détermination, car elle ne baisse pas les bras. Je sais qu'elle reviendra demain avec des petits gâteaux ou une nouvelle saveur de confiture.

Grand-père propose de se rendre à Port-Claron, tous

les trois, sans se quitter, afin de faire de modestes courses. Il est conscient que nous tournons en rond ici. Plusieurs semaines se sont écoulées depuis notre kidnapping. Il estime que le temps est venu. Les trafiquants, s'il en restait encore en liberté, sont passés à autre chose. Bien évidemment, avec Tiago nous sautons de joie, comme des enfants de maternelle à qui on annonce la récréation !

Le port n'a pas changé, toujours un peu d'agitation dans l'air. Grand-père remarque bien que nous n'avons aucune envie de défiler dans les rayons de légumes. Alors, nous restons devant la vitrine de l'épicerie. Mon attention est attirée par une grande affiche colorée.

— Tiago, tu as vu les « Olympiades de Tamino ! », qu'est-ce que c'est ?

— Les Olympiades de Tamino…

— Merci je sais lire, alors ?

— C'est à l'occasion du 14 juillet. Tous les ans, ils organisent une sorte de concours géant avec des épreuves.

Et là, je suis prise d'une euphorie indescriptible. Je tape des mains en sautillant sur place.

— C'est trop bien, j'adore les compétitions sous forme

de jeux ! Il faut y particiiper !

Tiago ouvre de grands yeux de merlans frits, comme si je lui demandais de faire le tour du monde en canoé !

— Bien sûr que non, je ne participe pas à ce genre de truc idiot… Et puis, il faut être en équipe !

— Oui, une équipe de trois ! Allez, Tiago, on a besoin de rire un peu. On a vécu des choses pas marrantes ces derniers temps.

Tiago détourne son regard vers l'océan. Je sais que j'ai piqué sa curiosité de compétiteur et surtout son envie de tourner la page.

— OK, je veux bien, mais il nous manque un troisième participant !

À ce moment-là, un groupe de trois garçons s'approche de nous, des adolescents de notre âge. L'un d'eux, qui me semble être le leader, s'adresse à Tiago sur un ton que je n'apprécie guère.

— Alors le pêcheur, il parait que tu as peur de prendre la mer ces temps-ci depuis ton naufrage ?

En fait, il n'y a pas que le ton que je n'aime pas, c'est toute sa personne qui me sort par les yeux alors que je ne le connais que depuis quelques secondes. Seulement Tiago baisse le regard et ne répond même pas.

— Bonjour, je suis Emma, une amie de Tiago !

— Ah, c'est toi, la bourgeoise parisienne, la petite-fille de Kaï !

Mais, pour qui il se prend celui-là avec ses cheveux huilés lissés au peigne comme dans les années cinquante. Sans parler de ses baskets vintages bleues, quelle faute de goût avec un short vert !

— Et toi, t'es qui ? Tes copains ne savent pas parler ?

Avec ce genre de type, il ne faut pas lui donner ce qu'il attend. Il faut toujours être en position de force. C'est ma meilleure amie qui m'a expliqué ça. Elle a raison.

— Bon, on va vous laisser en amoureux ! Au fait, la coupe, elle est encore pour nous cette année. Mais, j'adore les spectateurs alors si tu veux venir Emma, je serai ravi !

— Effectivement, on va venir ! Mais pas pour t'applaudir toi et tes deux moutons, mais parce qu'on va participer !

Et les trois garçons repartent en ricanant comme des hyènes en chaleur. Leur moquerie ne m'atteint pas. Par contre, Tiago s'efface et je ne comprends toujours pas pourquoi. Il me parait presque en colère à cet instant.

— Pourquoi n'as-tu pas laissé faire Emma ? Ce sont de pauvres types qui n'entendent rien à la vie. Pourquoi tu t'es engagée ? On va se ridiculiser, c'est ça que tu veux ?

Oui, il est en colère. Il nous manque un troisième participant et grand-père n'acceptera jamais qu'on s'expose à ce point. Deux problèmes à résoudre. Ici, je ne connais presque personne, mais dans ma tête, je passe en revue les quelques personnes susceptibles de nous rejoindre dans l'équipe.

— Antoine ?

— Il participe déjà.

— Annabelle ?

— Il y a des épreuves physiques…

— Pierre ?

— Il sait à peine lire et écrire !

— Et celui qui va pêcher avec toi, tu sais le jeune…

— Rodriguo… Pfff, il est parti en métropole pour les deux prochaines semaines.

— Effectivement, c'est compliqué...

Grand-père sort du magasin, tout content de lui, les bras chargés de bons légumes que je préfère voir dans les rayons que dans mon assiette. Constatant notre désappointement, il s'interroge :

— Hé bien, ce n'est pas la joie ici ! Je vous laisse dix minutes et on dirait que vous avez vu un fantôme !

— Grand-père ! On a besoin de ton aide ! Regarde l'affiche !

— Ah oui, je me doutais que vous alliez m'en parler. Je suis d'accord. Après tout, il y aura du monde !

Je n'en reviens pas ! Il est d'accord pour y aller, prochaine étape, lui demander qui peut bien faire le troisième.

— Avec Tiago, lui dis-je, on souhaite participer, mais comme équipe !

— Ah bon, pourquoi ? questionne-t-il.

— Je rectifie, c'est Emma qui veut participer ! Et pour le moment, nous n'avons pas d'équipe ! poursuit Tiago.

— Hum... Je comprends. Tant pis... Tu verras à quoi ressemblent des Olympiades Emma, c'est déjà ça ! conclut grand-père.

Je me décide et prends les yeux du *chat potté* en m'adressant à lui :

— Grand-père ! Tiago s'est ridiculisé devant des jeunes de notre âge. En clair, ils se sont moqués. Tu ne penses pas qu'il devrait s'affirmer et prouver de quoi il est capable !

Grand-père regarde Tiago qui ne me contredit pas et lève un sourcil. Puis, il tourne la tête vers moi.

— Il est hors de question que ces garçons te prennent de haut comme ça Tiago ! Alors, c'est décidé, nous allons participer ! Tous les trois !

Et grand-père arpente le quai en marmonnant dans sa barbe. Son orgueil est touché. Il prend la tête du chemin du retour. Avec Tiago, nous restons bouche bée. Jamais je n'ai envisagé qu'il fasse partie de notre équipe. Le geste de grand-père est fort. Incontestablement, il veut montrer à Tiago qu'il l'aime comme un fils et qu'il est prêt à tout pour se faire pardonner.

À cet instant, nous réalisons avec Tiago que nous formons une équipe. Encore une fois, il se pose la main sur le front. Mauvais signe.

— Bravo Emma ! Tu voulais que je m'affirme devant ces gars. Bien joué ! Non seulement je vais me faire humilier, mais pour couronner le tout, Kaï le sera aussi !

20

Compétition

Je veux m'entrainer. Un peu… Juste de quoi pouvoir s'en sortir sans être complètement ridicule. Mais, quand grand-père a envie, Tiago trouve cela inutile. Selon lui, les participants sont là pour faire du spectacle, des sportifs, des personnalités de l'île, des athlètes, tous relativement jeunes et entrainés, des compétiteurs, très peu de femmes. En clair : l'opposé de notre équipe !

Bref, non seulement nous ne sommes absolument pas prêts, mais nous savons que nous n'avons aucune chance de gagner. L'objectif sera donc de ne pas finir dernier. Tiago m'explique que les épreuves peuvent aller d'un simple lancer de poids à un parcours de nage très physique.

Jour J.

Mes baskets favorites aux pieds, je suis prête. Enfin, je suis motivée, mais pas vraiment prête. Tiago est stressé et grand-père, contre toute attente, hyper zen !

Les Olympiades comportent six épreuves, deux par personne désignée à l'avance. Le souci, remarqué par Tiago, c'est le choix du participant sans connaître précisément l'épreuve. Puis, un classement est fait et à chaque tour les dernières équipes sont éliminées. Avec Tiago, nous espérons déjà qu'on fera un challenge chacun. Après, on pourra perdre...

L'animateur annonce le début des hostilités avec un concours de dépiautage de crevettes. Au début, je pense que c'est une blague, mais vu le regard grave de grand-père et Tiago, je comprends que c'est une épreuve sérieuse. Sur Tamino, on ne plaisante pas avec les crevettes !

1 — Crevettes

Tiago se propose. Je ne suis pas d'accord :

— Ce n'est pas judicieux Tiago ! Grand-père est vieux, excuse-moi grand-père, c'est une épreuve pour lui ça !

— Mais je suis plus rapide, j'ai l'habitude. Il vaut mieux être sûr d'accéder à la seconde épreuve, non ?

À deux minutes du début de la compétition, rien n'est décidé. Grand-père tranche :

— On va faire une chose les enfants, je vais être le

chef de notre équipe, parce qu'il en faut un. Je suis d'accord avec Tiago, c'est lui qui va y aller. Mieux vaut ne pas perdre dès le début !

Encore une fois, il me surprend ! Il se prend au jeu avant même le début du challenge.

Des centaines de personnes se ruent derrière les banderoles pour encourager leur équipe favorite. Les enfants sont les premiers à applaudir tout en se gavant de bonbons. Des petits stands de vendeurs de sucreries et autres gourmandises jonchent les quais. Il y a tellement de monde, que j'ai du mal à entrevoir l'océan. En levant la tête, j'aperçois de jolis fanions colorés qui s'entrelacent et décorent le port. J'adore cette ambiance festive. Le bateau noir n'est plus là. Je ne le verrai plus. Mais, des frissons me traversent le corps en repensant à notre kidnapping. Je sais que Tiago éprouve encore de l'appréhension en repensant à ces événements.

Attablé devant ses récipients de crevettes, il doit dépiauter trois kilos. Le chronomètre démarre et il se lance. Ses doigts virevoltent au gré des crevettes qui passent d'un seau à l'autre. Des juges sont là pour vérifier que les bestioles sont bien décortiquées. Je suis surprise par la gravité de la situation et par l'application de Tiago. On a tout de même l'impression qu'il joue sa vie. Le garçon de l'autre jour, Martin est venu nous chambrer ce matin pour nous mettre un peu plus la pression. Il est justement assis face à Tiago et je vois bien qu'ils se surveillent mutuellement. Ils sont très rapides tous les deux. J'encourage mon ami et grand-père fait de même avec sa voix grave qui couvre la mienne sans difficulté. Je suis contente qu'il s'implique de cette manière.

Les félicitations sont de mises, Tiago finit à la troisième place. Nous nous prenons dans les bras tous les trois. Et notre vainqueur me regarde tendrement, comme au début, à mon arrivée. Par contre, qu'est-ce qu'il sent le poisson !

2 — *Crêpes*

Décidément, je commence à croire qu'ils ne pensent qu'à manger sur cette île ! Cette épreuve est présente tous les ans. Je ne comprends toujours pas pourquoi personne ne me l'a dit, car on aurait pu s'exercer ! D'autant plus que les crêpes de l'autre jour, selon moi, n'étaient pas super bien réussies ! Il faut décider. Tiago s'exclut de lui-même et me regarde fixement. Grand-père acquiesce pour valider le choix de Tiago.

— Moi ? Mais je n'en ai fait qu'une fois dans ma vie des crêpes ! Alors, pfff... Grand-père, vas-y toi !

— Tu en es capable Emma ! Tu dois faire sauter ta crêpe sans la faire tomber, c'est un jeu d'enfant ! relance Tiago tout sourire.

Je ne sais pas si c'est l'euphorie des Olympiades ou le sourire de Tiago qui me donne des ailes, mais j'accepte.

L'animateur fait le décompte : 3 2 1

Premier sauté : réussi.

Contente de moi, je fais le tour rapidement des autres concurrents qui ont tous réussi. Bon, évidemment, ça ne va pas se faire si facilement... Il faut en accomplir le plus possible. Je n'ai même pas de base ! Vingt ou trois-cent-cinquante d'affilée ?

Deuxième sauté : réussi.

Troisième sauté : la crêpe atterrit sur le rebord de la poêle. Le juge me l'accorde, car la crêpe n'a pas fini sur le quai !

J'entends les encouragements de mes deux coéquipiers. Je ne fais pas grand-chose en fait, c'est un peu étrange.

Sixième sauté : plof... Par terre.

Je me retourne pour voir le juge derrière moi qui me fait signe que c'est fini pour moi. Il reste encore du monde. C'est terminé. Je m'en veux parce que grand-père ne pourra pas faire d'épreuves… Je suis déçue. Faire sauter cinq crêpes correctement, ce n'était quand même pas sorcier !

La fin de l'épreuve sonne et à l'opposé de moi, un concurrent se prend la tête entre les mains. Il est éliminé. Il a pris son temps et n'a fait sauter que quatre crêpes !

Donc, nous restons dans la course !

3 — Quizz de la mer

D'office, les garçons discutent entre eux celui qui sera le plus à même de répondre aux questions. Un peu vexée qu'ils me mettent à part, je comprends vite dès la première question de l'épreuve.

Quel navigateur/explorateur est à l'origine du premier « tour du monde » achevé en 1522 ?

À part Christophe Colomb, ma culture des grands navigateurs s'arrête là. Je suis impressionné par grand-père qui prend le temps de la réflexion puis qui écrit tranquillement sa réponse sur l'ardoise prévue à cet effet. Il est incollable ! Un sans faute admirable ! L'équipe des trois gars antipathiques a déjà deux mauvaises réponses. Notre équipe finit première égalité de cette épreuve.

— Tu avais raison Emma, me dit grand-père, je suis ravi de participer à ces Olympiades avec vous deux !

Avec Tiago, nous sommes surpris nous-mêmes et une pointe de culpabilité nous envahit. Nous doutions de lui. Nous ne pensions même pas l'inclure dans l'équipe, pour nous, il est trop vieux alors qu'il s'en sort plutôt bien !

Nous partageons un sandwich assis sur un banc, au bord de l'eau. La matinée Olympiades nous rapproche, c'est certain. Nous dévorons notre repas comme si nous n'avions rien mangé depuis trois jours. Les efforts physiques et mentaux creusent l'appétit visiblement !

4 — Apnée

Tiago m'explique qu'il va falloir prendre la mer jusqu'à la bouée au large. Ensuite, il faudra plonger et ramener quelque chose à la surface.

— OK, tu y vas Tiago, c'est ton truc la nage et tout ça ?

— Oui, je pense m'en sortir malgré le fait qu'il ne reste que des bons nageurs dans les équipes d'en face. Il y a encore Martin…

— Je crois que c'est lui qui va faire cette épreuve, il a l'air de se préparer. Tu vas le massacrer Tiago, je sais que tu le peux !

Grand-père, qui ne dit rien jusque là, s'adresse à nous comme pour clôturer la conversation :

— Je vais y aller !

Tiago et moi ouvrons de grands yeux et je me laisse perturber de nouveau par le sourcil gauche de Tiago se dressant comme un accent circonflexe.

— Qu'est-ce que tu racontes Kaï ? Je ne dis pas que tu n'es pas un bon nageur, mais au niveau vitesse et rapidité, regarde les autres concurrents… Tiago tente de le convaincre de son erreur.

— Il ne reste plus que quinze équipes, et je pense qu'il faut te réserver pour l'épreuve finale. Si mes souvenirs sont bons, c'est la plus compliquée et la plus sportive de toutes les épreuves.

Le raisonnement de grand-père se tient. Pourquoi ne pas suivre son avis ? Advienne que pourra. Évidemment, Martin se fait une joie de nous chambrer quand grand-père se met en short de bain et se place sur la ligne de départ. L'animateur explique alors le but de cette épreuve : nager jusqu'à la bouée puis plonger et résoudre le casse-tête d'ancres entremêlées. Le réflexe de Tiago est de me tenir la main. J'apprécie le geste. J'apprécie Tiago. En fait, je me demande même si je ne suis pas en train de retomber amoureuse... Alors que ce garçon représente tous les opposés de mon idéal masculin !

Voilà grand-père parti dans une nage intense où il est bon dernier. Jusque là, aucune surprise. Arrivés à la bouée, tous les concurrents se précipitent à faire leur apnée quasiment en même temps. Certains s'y reprennent à plusieurs fois. Les ancres doivent être assez profondes. Nous distinguons grand-père qui arrive, lentement mais surement à destination. Il fait du surplace désormais. Nous nous demandons ce qu'il peut bien faire, car au bout de plusieurs minutes, il n'a pas encore plongé. La plupart commencent à revenir. Nous cessons de l'encourager, il ne doit rien entendre de là où il est. Nous savons que l'aventure se terminera alors. Et finalement, il est si content de participer et de faire cette épreuve que je ne ressens aucune déception. Il me semble que c'est pareil pour Tiago. Ces Olympiades m'auront permis de découvrir grand-père sous un autre jour.

Alors que les concurrents de retour, confondant vitesse et précipitation, sont à quatre pattes au sol à résoudre ce casse-tête qui ne m'a pas l'air évident du tout, grand-père est désormais seul dans l'eau. Et, il n'a toujours pas plongé ! J'ai même l'impression qu'il ne plongera pas. La profondeur lui fait peut-être peur.   Cela agace un peu Tiago qui perd patience.

— Bon, je comprends sa démarche de se désigner, mais si c'est pour ne pas mettre la tête dans l'eau !

Je pense un peu la même chose. Perdre avant d'avoir essayé… Et, d'un seul coup, grand-père plonge. On aperçoit furtivement les pieds qui rentrent dans l'eau. Le temps s'interrompt alors. Tiago regarde sa montre. Et, nous arrêtons de respirer, comme lui. Les secondes s'écoulent…

— Mais, il en met du temps ! Tiago ! Il faut faire quelque chose !

Le garçon ne quitte pas des yeux sa montre et me fait signe de patienter encore. Les secondes sont interminables. Soudain, grand-père ressort la tête puis nage en notre direction. Martin vient de finir son casse-tête, le temps presse. Les autres vont s'activer. L'instant d'après, deux équipes de plus ont terminé. Grand-père continue sa progression, mais on ne peut pas dire qu'il se précipite. L'apnée l'a certainement fatigué. Il ne reste que cinq équipes en jeu, dont nous. C'est perdu ! Le temps qu'il résolve le casse-tête, ce sera trop tard !

Grand-père remonte l'échelle et accède au quai et alors que nous reprenons nos encouragements, il montre les bras levés, le casse-tête résolu ! Nous applaudissons de toutes nos forces. Les spectateurs le congratulent au-delà de ses espérances ce qui nous rend fiers de lui. Et alors que nous attendons avec impatience qu'il nous dise comment il a fait, nous savourons sa victoire.

— Vous connaissez « *Le lièvre et la tortue* », les enfants ?

Il a préféré garder son souffle, ne pas trop se fatiguer, bien respirer pour ne faire qu'une seule apnée et rester le plus de temps possible sous l'eau. Puis, il a résolu le casse-tête assez facilement en analysant la situation tranquillement et non dans la précipitation. En clair, à la différence des autres concurrents, il ne s'est pas mis la pression !

5 — Course en mer

Ça y est nous parvenons à la demi-finale des Olympiades. Nous sommes déjà fiers de nous. Rien n'est précisé sur le type d'épreuve et Tiago me désigne assez vite. Seulement, il est impossible pour moi de diriger une barque et de ramer toute seule ! Il le sait pourtant ! Grand-père se retrouve encore à devoir prendre la décision, car nous ne sommes décidément jamais d'accord avec Tiago. Mais, pour une fois, il est hésitant :

— Nous ne connaissons pas le dernier challenge et Tiago est le meilleur marin que nous avons.

— Et mon père, il n'était pas un bon capitaine ?

— Tiago, tu es tellement différent de lui. Tu es devenu quelqu'un de bien, quelqu'un qui sait tout faire y compris mener une barque à destination. Sans vouloir le dénigrer, tu es bien au-dessus de lui ! T'accueillir chez moi est, de loin, la meilleure chose que j'ai faite au cours de ma vie.

Belle déclaration. Malgré une grande pudeur, grand-père et Tiago se prennent dans les bras. Alors, spontanément, je m'avance et l'embrasse sur la joue devant tous les spectateurs et les concurrents. Et grand-père qui n'en revient pas…

— Allez Tiago ! On est derrière toi !

Grand-père me rejoint et nos encouragements ne cessent durant toute l'épreuve. L'objectif est de monter dans une barque, ramer jusqu'à la balise se trouvant à 500 mètres, en faire le tour et revenir. Le courant et la brise ne jouent pas en notre faveur, mais d'après mon coéquipier, cela ne devrait pas déranger Tiago. Ce dernier se comporte comme un véritable professionnel de la navigation. Le départ est très rapide, certains ont bien du mal à prendre le courant correctement, mais ce n'est pas le cas de Tiago. Il est en tête de la course, suivi de très près par un autre homme. Malgré un physique un peu chétif, Tiago cache bien son jeu. Il est rapide et très malin. Il donne le sentiment que tous ses gestes sont calculés dans les moindres détails. Il m'impressionne. Encore une fois. Sa force et son courage, et puis cette humilité. Après ces terribles tourments, la perte de ses parents, son père finalement vivant et en prison, mais qui refuse de le connaître, notre kidnapping. Je le trouve tellement surprenant et étrange à la fois.

L'épreuve est presque trop facile pour lui. Il avale les mètres avec sa barque comme s'il glissait sur l'eau tel un magicien. Sa victoire, la rame en l'air, le comble de joie. Il en a bien besoin. Avant de venir nous voir, il s'approche de Martin et le nargue. Ah ! Enfin un peu d'orgueil !

Neuf équipes encore en lice.

Jusque là, je ne pensais pas trop à l'épreuve qui me revenait. Mais, nous y voilà. Satisfaction et peur en même temps ! Dans quelques secondes, nous allons apprendre de quoi retourne mon challenge. La dernière pour remporter les Olympiades. Je suis inquiète de ne pas être à la hauteur malgré les paroles rassurantes de mes coéquipiers qui ne cessent de me répéter simplement de faire de mon mieux.

Le moment fatidique arrive. L'animateur annonce une épreuve ultra physique et mentale, une nouveauté vue dans une émission à succès. Et, je comprends…

21

Résignation

Cabinet de la pédopsychiatre — mai 2021

— Emma. Je suis ravie de te revoir. Nous avançons bien et aujourd'hui, je sens que tu es prête à me raconter cette fameuse journée.

— Je ne sais pas si je suis prête… Mais, c'est vrai… Je n'en ai jamais parlé à personne. Peut-être que ça me fera du bien…

— Veux-tu bien commencer par le début, la matinée ?

— La journée était prévue depuis un mois. J'avais hâte, en fait tout le monde avait hâte ! On est parti assez tôt, il fallait deux bonnes heures de route. Le bus loué par mon entraineur était loin d'être de toute jeunesse.

— Qui était présent ?

— Mon entraineur et puis Johan, Sylvain, Kévin,

Bastien, Laurène, et puis Matthieu. Bien sûr Chloé et moi. En fait, la veille de notre départ, Aymeric, l'entraineur nous a contactés en nous disant qu'avec les pluies des derniers jours, ce serait peut-être mieux de reporter la journée. Sur le groupe, on a tous protesté pour la maintenir. Il était hésitant et puis finalement, on l'a convaincu.

— Dans le son de ta voix, j'ai l'impression de percevoir des regrets ?

— C'est clair, je m'en veux. J'aurais dû l'écouter.

— Oui, peut-être, mais tu n'as pas été la seule à motiver Aymeric, n'est-ce pas ?

— Non. Ensuite, on est arrivé sur la zone d'escalade. Le lieu était magnifique. Il y avait un beau soleil. On était tous euphoriques à l'idée de grimper la paroi dont notre entraineur nous parlait souvent. L'escalade, c'est sympa, mais on s'exerce tout le temps à l'intérieur, dès qu'on peut se prévoir une sortie sur site…

— Continue Emma, vous vous êtes préparés ?

— Oui, on s'est équipé pendant qu'Aymeric faisait des repérages. Il connaissait pourtant le site par cœur… Avec du recul, il était un peu soucieux. Mais, ce matin-là, on n'a rien voulu voir.

— Comment vous sentiez-vous avec ton amie ?

— Bien. Enfin, non, on s'était un peu embrouillé la veille. Pour des histoires bêtes…

— Rien de grave ?

— Non, on avait un exposé à faire en français. J'ai préféré travailler avec une autre copine que Chloé. Elle l'a mal pris et on s'est disputé. Je regrette tellement…

— Au fond de toi, Emma, tu sais bien que cela n'aurait rien changé à la suite de la journée.

— Oui, non, je sais. Du coup, comme on était un peu en froid. On ne s'est pas mises sur la même cordée. Je me suis retrouvée avec Johan et elle avec Bastien.

— Penses-tu que le fait d'être lié à Bastien ait eu des conséquences sur la suite ?

— Non, c'est sûr parce qu'il est assez costaud et il gère l'escalade. Il en fait depuis très longtemps, plus longtemps que moi, qu'elle.

— Et après ?

Tout se passait bien, c'est vrai qu'on était assez confiant. Je crois qu'on allait vite même. Trop vite étant donné la paroi un peu glissante par endroit. L'entraineur nous répétait sans cesse qu'on ne prenait pas le train. On n'écoutait rien. Et puis, d'un seul coup…

— Tu peux poursuivre Emma…

— J'étais au-dessus, sur sa droite. Elle arrivait sur le dévers de la paroi, un endroit difficile. Je n'ai pas vu ce qui s'est passé exactement, mais Chloé a raté un piton. Elle était encore assurée, mais elle a fait une chute de plusieurs mètres et s'est cognée de tout son corps. Je ne pouvais pas voir, mais j'ai entendu quand elle a heurté la roche. Bastien a poussé un cri. Aymeric s'est précipité demandant à chacun de garder son calme. D'en bas, il a donné pas mal de conseils à Bastien. Chloé ne répondait pas. Ils sont redescendus assez rapidement. Aymeric nous a dit de continuer à grimper, qu'il gérait la situation, on n'était pas loin d'arriver au sommet.

— Comment as-tu vécu la suite ?

— En fait, on voulait les rejoindre, mais Aymeric était occupé avec Chloé qui avait repris connaissance. Il nous a demandé de rester en haut en attendant. Qu'on ne pouvait rien faire d'autre qu'attendre les secours. D'ailleurs, ils sont arrivés vite, je crois, et on a fini par redescendre, parce qu'on espérait la voir. On ne savait même pas comment elle allait ! Pour moi, elle n'avait rien de méchant puisqu'elle avait son casque. Les accidents en escalade sont tellement rares…

— Crois-tu que tu aurais pu faire quelque chose de plus ?

— Non, peut-être pas…

— Penses-tu que Chloé a fait une erreur ?

— Non.

— Il y a quelque temps, tu en voulais beaucoup à Aymeric, ton entraineur. Est-ce que tu imagines qu'il est responsable ?

— Non. J'ai appris que la commission l'avait jugé non coupable.

— Que s'est-il produit ensuite ?

— Tout s'est passé vite. On a remballé nos affaires. On a repris le bus pour repartir chez nous. Les parents de Chloé nous ont dit qu'ils nous tiendraient au courant de la suite. Sur le trajet, personne ne parlait. Je pense qu'Aymeric se doutait que ce n'était pas une simple petite chute. Je ne sais pas. En tout cas, il était inquiet. C'est sûr. La mère de Chloé l'a appelé dans l'après-midi. Ensuite, mon téléphone a sonné. Et pour qu'Aymeric prenne le temps de téléphoner plutôt que d'envoyer un message sur le groupe, j'ai compris.

— Qu'as-tu compris ?

— Que c'était pour annoncer une mauvaise nouvelle. Chloé... Même avec le casque, elle a eu un moment d'absence un peu long. Aux urgences, ça allait mieux et puis elle a eu de nouveau une absence et des vertiges. Sa mère m'a expliqué que l'hématome a saigné, trop saigné. Elle a fait une hémorragie. D'après les médecins, elle n'a pas eu le temps de souffrir.

— Tu as été la voir à l'hôpital ?

— Ses parents ont proposé, mais je n'ai pas voulu. Je regrette tellement. Je ne lui ai pas dit au revoir...

— Emma, on ne peut pas vivre avec des regrets à longueur de temps. Tu n'aurais rien pu faire ou empêcher, ni toi, ni personne. Ce sont les risques de la vie. Maintenant, il faut penser à toi, à avancer, à te reconstruire.

J'ai comme l'impression avoir déjà entendu ces mots. Peut-être aujourd'hui, ont-ils plus de sens ! Je ne sais pas. Rien ne fera revenir Chloé. Mais ai-je le droit d'être heureuse à nouveau ?

22

Engrenage

6 — Les poteaux du port

Mes coéquipiers sont plutôt contents de cette annonce. Moi, pas du tout ! Rester en équilibre sur des poteaux, c'est pas trop mon truc !

— Alors Emma ! Tu aurais préféré une épreuve de natation, d'escalade, ou de saut à l'élastique ? Demande grand-père.

— Ben, oui, plutôt ! Végéter sur un pied, jusqu'à avoir des crampes, en plein soleil pendant je ne sais combien de temps, ça ne fait pas rêver !

Tiago me prend à part en me tirant le bras. Grand-père disparaît acheter des boissons à siroter pendant que je rôtirai en faisant le spectacle.

— Tu es capable de le faire, regarde ! La plupart de tes

concurrents sont des hommes, bien trop costauds pour tenir sur des poteaux. Tu pars déjà avec un avantage certain.

— Mouais… Je lui réponds, pas sûre d'être rassurée.

— On est parvenu à la dernière épreuve, même si nous ne gagnons pas, ce n'est pas grave ! Franchement, pour une première, c'est quand même sacrément bien.

— Sacrément bien…

— Emma, tu fais une drôle de tête ! Ça va ?

— Je me sens un peu fébrile… Je ne sais pas, le sandwich peut-être… Je ne vais pas pouvoir Tiago, je suis désolée.

Je m'éloigne récupérant mes affaires laissées devant les stands des participants. Tiago me rattrape.

— C'est comme tu veux Emma, personne ne te forcera, mais sache que sans toi, jamais je n'aurai participé à ces Olympiades et Kaï adore lui aussi. C'est plutôt chouette que tu sois là… Enfin, tu comprends… que tu sois venue ici. Sans toi, je ne saurai pas la vérité sur mon père…

— Sans moi, tu n'aurais pas été kidnappé Tiago, j'ai bouleversé ta vie, j'ai failli nous noyer tous les deux, j'ai côtoyé des trafiquants de drogue… En fait, je porte la poisse…

Tiago m'embrasse d'un seul coup, un doux baiser. Ses lèvres sur les miennes. J'ai l'impression que mes pieds ne touchent plus le sol. Comme si je volais au-dessus de moi-même. Étrange sensation… Peut-être est-ce ça, ce sentiment dont tout le monde parle et dont personne ne détient le secret ? Quand j'ouvre à nouveau les yeux, Tiago est encore là, il me sourit un peu naïvement. Il ne dit rien et n'attend rien de moi. Je lui souris à mon tour, car c'est bien la seule chose que j'ai envie de faire à cet instant. Je voudrais que le temps s'arrête, ne ressentir que ces bonnes ondes, oublier cette tristesse, raconter à ma meilleure amie ce qui m'arrive. Mais, je ne peux pas.

— Tu sais Tiago, si je suis venue ici, c'est parce que je n'allais pas bien. J'ai un peu perdu pied… À cause de…

— Chloé

— Oui, comment le sais-tu ?

— Tu dis son prénom souvent la nuit. Dès la première fois, j'ai compris que tu parlais pendant ton sommeil. Je t'ai vu verser des larmes aussi.

— C'est ma meilleure amie… Mais Chloé est décédée il y a quelques mois. Et c'est tellement difficile depuis.

Difficile de l'oublier…

— Je n'ai jamais oublié mes parents, même si je n'ai aucun souvenir concret d'eux. Je pense que tu ne l'oublieras jamais. Tu dois juste apprendre à vivre sans elle.

Tiago est vraiment un garçon bien. Parler avec lui fait du bien. Il me prend la main et nous revenons devant le quai où les concurrents se préparent à monter dans les barques pour rejoindre les poteaux de pêche.

Grand-père attend avec trois gobelets aux couleurs plus ou moins étranges, mais tout heureux de m'en proposer un pour prendre des forces avant l'épreuve. Je ne peux pas me désister. Je ne peux pas leur faire ça, à tous les deux.

Mes lacets sont serrés, je suis prête. Le chronomètre démarre. Au loin, je discerne grand-père et Tiago qui lèvent les bras pour m'acclamer de temps à autre. Finalement, je les plains. Le spectacle ne sera pas tellement énergique.

5.34 min

Le type le plus grand craque et tombe dans l'eau en faisant un énorme splash qui arrose ses plus proches concurrents. Au niveau discrétion, on a fait mieux. Celui qui est à côté de moi est un des garçons du trio de Martin. Je n'ai pas encore entendu le son de sa voix. Au début, j'ai une grande envie de le charrier puis je constate qu'il m'a l'air d'un ado tout à fait normal en fait. Il semble même stressé. Loin de ce Martin, c'est quelqu'un d'autre. Juste avant de m'installer sur le poteau, il s'est tourné vers moi et m'a encouragée.

7.50 min

Deux autres chutes. Nous ne sommes plus que six. Je suis désormais la seule fille à faire la moitié de leur poids. J'essaye de me concentrer, de regarder loin devant, comme ils conseillent à *Koh Lanta*. Au final, je n'ai jamais fini de visionner cette épreuve qui m'ennuyait vite. À un moment, je suis déséquilibrée. J'ai la soudaine envie de m'accrocher à quelque chose, mais impossible ! À ma droite, l'homme tombe. Je pense l'avoir perturbé. Puis à l'autre bout, deux types lâchent.

13.12 min

Cela devient long et je me rends compte que c'est bien une épreuve physique parce que j'ai mal partout et j'ai des fourmis dans le pied.

16.23 min

Nous ne sommes plus que deux. Avec Vivian à ma gauche, nous pourrions presque nous toucher le bout des doigts. Je confirme qu'il est même plutôt sympathique. Comme quoi ! En riant, il me demande de tomber la première. Je lui retourne le conseil.

24.43 min

Il résiste. Un peu trop pour moi. Je vais lâcher. Je ne sens plus du tout mon pied gauche. J'ai même peur de couler si je tombe, tellement je suis engourdie.

— Au fait, j'adore tes baskets, elles sont hyper stylées ! me dit-il.

— Merci, et justement, je n'ai qu'une envie, c'est que tu sautes dans l'eau et comme ça, je ne les mouillerai pas !

Vivian se met à rire. Et dans un mouvement pour se repositionner, il chute dans l'eau.

Soulagement !

Acclamée par les spectateurs et par ma famille, je suis aux anges. Même Martin et ses deux amis viennent nous féliciter en me disant que je suis une sérieuse concurrente ! Grand-père est fier de lever la grosse coupe dorée que l'on a gagnée. A l'intérieur, quelques bons cadeaux pour diverses activités. Mais, nous n'avons d'yeux que pour cette coupe. Je suis certaine que grand-père l'imagine déjà, bien à vue sur son étagère. Annabelle surgit de nulle part, en fait elle devait être là depuis le début des Olympiades. Son regard ne quitte pas grand-père. Lui ne sait plus où se mettre, mais ne peut pas se défiler pour une fois. Ils sont mignons tous les deux. J'espère quand même qu'il va se décoincer un peu, parce qu'à ce rythme là, dans dix ans, ils en seront à s'embrasser pour la première fois !

Avec Tiago, nous les laissons rentrer ensemble. Toujours euphorique, grand-père nous dit de revenir « plus tard », de prendre notre temps. Nous comprenons qu'il veut être seul avec son amoureuse.

Tiago n'en revient pas, il ne cesse de reparler de chaque épreuve de long en large. Il me tient encore la main. Nous passons par les petites rues. Nous n'avons pas envie que ce moment s'arrête alors nous prenons notre temps. Nous racontons chaque épreuve comme si nous les revivions pour la première fois. Le dialogue est facile avec lui. Tout est simple en fait.

Soudain, c'est le noir total. Un sac se retrouve sur ma tête. Je crie, je m'ébats. J'entends Tiago qui m'appelle. Puis, encore une douleur dans le bras cette fois. Je ne vois rien. On me force à avancer plus vite puis on me balance brutalement au sol. De la terre battue ou du sable. Enfin, une porte aux grincements aigus se referme violemment.

Nous avons été kidnappés.

Encore.

23

Tensions

Je comprends vite qu'il sera inutile de crier. Nous sommes dans le sous-sol d'une vieille maison inhabitée. Mis à part quelques planches et beaucoup de poussière, il n'y a rien. L'odeur de renfermé me prend le nez. Personne ne doit vivre ici ou alors seulement une famille de rats. Trois hommes à l'allure de forcené rebutant nous fixent. Des filets de lumière passent sous l'ancienne porte en bois, de sorte que nous y voyons juste le minimum. Aussitôt, nous sommes tous les deux attachés sur une chaise et bâillonnés. Ils avaient donc tout prévu !

— Ah ! Pas trop tôt, on t'a cherché le morveux ! Mais, on y est arrivé ! Balance un des trois types.

J'imagine que c'est le chef qu'on avait tout juste aperçu devant le bateau noir. Les deux autres, je ne les ai jamais vus. Contrairement à notre premier kidnapping, à aucun moment ils ne nous avaient menacés avec une arme.

— Heureusement que ton nom a été annoncé toute la journée ! Je me doutais que tu serais par là aujourd'hui. Mais, je n'aurai pas imaginé que tu participerais et donc que ce serait aussi facile de te retrouver ! J'espère que tu as savouré ta victoire avec ta copine parce que maintenant, on passe aux choses sérieuses…

Je regarde Tiago et nos yeux se comprennent. Nous sommes en très mauvaise position. J'ai peur que ces ravisseurs nous en veuillent de les avoir dénoncés eux et leur trafic de drogue.

— Finalement, quelle chance que vous vous soyez enfuis ! On n'aurait jamais compris qui tu étais si ta copine n'avait pas dit ton nom, Tiago Morales !

Oups…

— Alors, comme ça tu es le fils de notre cher Pietro, qui nous a pris un paquet de fric ! Ça tombe donc plutôt bien que l'on t'ait sous la main ! Tu vas nous dire tout ce que tu sais ! Et toi et ta copine repartirez tranquillement chez vous !

C'est donc ça, ils veulent l'argent que le père de Tiago leur doit. Mais, Tiago ne sait rien ! Ils ne le croiront jamais !

— Tu vas me dire où trouver cet argent !

L'homme enlève le bâillon. Soudain, il lui donne une grosse gifle brutale, comme pour le réveiller ce qui me fait pousser un cri sourd. Tiago redresse la tête, sa joue prend déjà des couleurs rougeâtres alors qu'il n'a pas pu encore dire un mot.

— Tu te demandes pourquoi je te frappe ? Pour que tu comprennes que je ne rigole pas. On est caché depuis des semaines et ta copine et toi, vous êtes les responsables de ça ! Alors, maintenant, on voudrait fuir, mais on a besoin de cet argent pour partir.

Je sens que Tiago réfléchit à chaque mot qu'il va prononcer. Mais que va-t-il bien pouvoir dire à ce type pour le convaincre que nous ne savons rien ?

— Je ne sais rien de cet argent, répond Tiago. J'ai appris que mon père était vivant il y a quelques semaines seulement. Alors…

Et voilà. Tiago se prend une seconde gifle, encore plus forte que la première. Un petit filet de sang coule de son nez. J'ai peur de la suite… L'impatience de l'homme se voit sur son visage. J'aimerais pouvoir dire tout ce que je sais, c'est à dire : pas grand-chose ! Mais impossible.

— On recommence Tiago, alors où est l'argent ?

Tiago entrouvre la bouche, mais aucun son ne sort. Il ne sait pas comment ne pas mettre en colère l'homme armé en face de lui.

— Parfait ! reprend l'homme. Dans ce cas, je vais aller voir ta copine. Je me doute qu'elle ne sait rien, mais peut-être que toi, tu seras plus coopérant si c'est elle qui prend les coups, non ?

J'avale ma salive. Il ne plaisante pas et s'approche de moi pendant que les deux autres types ricanent. À eux deux, je pense qu'on ne dépasse pas les quatre de QI.

— Non, ne la touche pas ! Crie de tout son cœur Tiago. Elle ne sait rien ! Je vais parler…

— Parfait, tu ne m'en veux pas si je reste à côté d'elle. En plus, elle sent bon ta copine…

Ça m'étonnerait bien ! Une journée d'effort en plein soleil avec un léger relent de poissons... Le déodorant est bien loin...

— OK, OK. Je ne suis pas au courant de l'endroit où mon père a pu cacher cet argent, mais je connais quelqu'un qui le sait forcément…

— Hé bien tu vois quand tu veux ! Tu vas nous

conduire à cette personne !

Satisfait, le type commence à détacher Tiago d'abord. Et je me rends compte, à ce moment-là, que mon petit-ami va balancer grand-père. Le lâche ! De plus, je suis persuadée que lui non plus ne sait rien ! Et dire qu'il a tout fait pour lui, il l'a hébergé et l'a élevé... Il me déçoit.

— Attends ! Fait le chef à un de ses copains, on va garder la fille ici. Je pars avec Byron et le garçon, et toi tu surveilles la petite.

Super ! Je vais rester avec ce débile, seule dans ce sous-sol moisi pendant que Tiago va mettre en danger grand-père...

D'abord Tiago proteste et refuse d'avancer, mais quand il aperçoit l'arme à feu le menaçant, il change d'avis. Il essaye d'accrocher mon regard, mais je tourne la tête à l'opposé.

Ces trois-là partent et referment la porte. Et je me retrouve face à ce type à moitié écervelé qui me surveille, adossé au mur. Le temps me dure. Au bout d'un moment, constatant mon agitation, il m'ôte le bâillon. Je respire à nouveau un peu mieux. J'essaye alors de négocier ma libération contre de l'argent, je sais que j'ai un billet de cinq euros dans ma poche. En vain. Bon, il faut bien tester... Puis, je tente de négocier mes baskets. Mais, pas besoin dit-il, il n'a pas de famille et doit chausser du 67 ! Il est coriace. En fait, c'est le genre de type à n'obéir qu'à une seule personne : son chef. Je finis par lui proposer un chewing-gum en échange de rien en réalité. Juste pour le plaisir ! Et, aussi surprenant soit-il, il accepte ! Comme quoi...

Je ne vais avoir que très peu de temps pour intervenir. Il n'est pas armé. Après, il a sans doute jugé que d'un simple petit doigt il peut me soulever avec ma salopette. Ce n'est peut-être pas qu'une image, car du haut de son mètre quatre-vingt-dix... Alors, il me détache les mains.

— Pas de mauvais tour ! dit-il.

Il défait la corde qui me serrait trop. Je prends le temps de me masser les poignets quelques secondes tout en réfléchissant à mes gestes. En escalade, la vivacité est une grande qualité. Je lui montre que j'attrape le chewing-gum et me lève doucement pour l'amadouer. D'un seul coup, et comme il est suffisamment près de moi, je le griffe avec l'unique chose que j'ai dans la poche les épingles du dossard. Ce sale type gardera un souvenir de moi, sur la joue. Alors qu'il se tient la joue, je lui assène un coup de pied dans les parties. Il tombe à terre. Rapidement, je détache mes pieds. Il se relève, le visage légèrement griffé. Je saisis la chaise et lui balance en pleine tête. Elle se fracasse sur le sol dur et l'homme est déséquilibré. Il est grand, mais pas très vif. Je sors à toute vitesse en prenant soin de prendre la clef. Je referme de l'extérieur. Même si la porte ne tient pas longtemps face à sa rage, j'aurai un peu d'avance.

Je ne situe pas trop où je me trouve. La ruelle est étroite, et je ne distingue pas de point de repère. Reste mon intuition. Puis, je me stoppe et je croise une petite dame âgée. Inutile de lui expliquer la situation, ce serait trop long. Pourtant, une petite voix me dit d'essayer.

— Vous avez compris madame ? C'est une question de vie ou de mort !

— J'ai compris jeune fille, je ne suis pas sénile ! Je connais un peu Kaï. Courez le retrouver !

— Merci, merci !

Puis, je pars à droite et je cours jusqu'à accéder à la colline. Je me rends compte que je ne suis pas si loin de la maison. Je poursuis mes efforts pour atteindre le chemin qui mène à Tiago et grand-père. Que vais-je y trouver ?

24

Issue

De l'extérieur, tout a l'air calme. Bien trop calme. Presque étrange. J'entends toujours le bruit des vagues, les oiseaux qui ne cessent de chantonner malgré la situation. Je n'ose pourtant pas appeler. Tiago aurait-il emmené les kidnappeurs ailleurs qu'ici ? Je ne pense pas qu'il aurait pris le risque de mettre le chef plus en colère qu'il ne l'est déjà.

Je m'approche de la porte-fenêtre qui est fermée. C'est un signe. Ils sont bien là. Ils sont à l'intérieur. Je me mets à quatre pattes afin de jeter un regard dans le salon. Grand-père est de dos, attaché sur une chaise, les mains liées. Oh ! Et Annabelle qui est en pleurs de l'autre côté, elle aussi attachée. Mais, où est Tiago ? Il manque un homme, ils doivent être ensemble. J'aimerais annoncer ma présence à la voisine, lui faire un signe, mais le type qui les surveille est dans les parages. Il part dans la cuisine. Je gratte la vitre avec mes ongles. Annabelle ne réagit pas. Inutile d'insister. Que pourrai-je faire ? Connaissant grand-père, s'il sait que je suis

ici, il s'inquiétera plus encore que si je ne suis pas là…
J'entends des placards qui s'ouvrent et se referment.
L'homme cherche à manger. Il ne va pas être déçu, mis à part
de vieilles biscottes et la confiture… Je pourrai passer par la
petite fenêtre du salon, de l'autre côté. J'ai remarqué qu'elle
ne se fermait pas complètement… Mais, une nouvelle idée,
beaucoup plus risquée, me vient alors à l'esprit. Je m'attelle à
brancher tout ce qui va bien. Je me positionne
stratégiquement, juste à l'angle de la maison, adossée au mur.
Je m'accroupis de manière à avoir une certaine stabilité.

Puis je lance des cailloux qui tombent sur la petite
terrasse de bois. Une première fois. Puis une deuxième. Le
trafiquant, intrigué par le bruit, ouvre la porte et passe la tête.
Ne comprenant pas, il fait quelques pas en avant. Je dois
attendre encore, quelques secondes de plus. Il regarde partout
autour de lui, sans me voir. Subitement, d'un geste assuré, je
surgis munie de mon arme : le tuyau d'arrosage. J'enclenche
la manette. L'eau jaillit telle une bombe, en plein visage.
Histoire de lui embrouiller les idées... Le type se retrouve
désorienté. Le jet d'eau lui fouette la tête. Il s'agite dans tous
les sens. Son pied glisse sur le bois humide et il s'écroule à
quelques mètres de moi. J'attrape mon second outil et le
frappe dans le dos d'un gros coup de pelle. Je pense qu'il n'a
rien eu le temps de voir ni comprendre. Comme quoi, depuis

que je suis sur Tamino, grand-père me répète souvent que je ne me m'intéresse pas au jardinage, et bien là, c'est faux ! Mission 1 réussie. Je récupère le couteau et vais détacher ma famille. Grand-père a pu suivre la scène à travers Annabelle qui lui a tout raconté. À première vue, il est en colère de me voir. Je m'en doutais.

— Petite irresponsable ! Que fais-tu là ? Tu prends des risques inutilement... Grogne-t-il en se déliant les mains.

Il détache Annabelle qui ne sait plus si elle doit se sentir soulagée ou avoir encore plus peur. Grand-père lui ordonne de partir chez elle avec moi, de prévenir la police et de nous fermer à double tour. Malgré l'inquiétude de le laisser seul face à ces hommes dangereux, il réussit à la convaincre que c'est le mieux à faire. Je me rebelle :

— Hors de question ! C'est grâce à moi que tu es libéré, je reste ! Où sont Tiago et l'autre type armé ?

— Justement, dit-il, je les ai envoyés sur une mauvaise piste et ils ne vont pas tarder à s'apercevoir que j'ai raconté n'importe quoi !

Grand-père propose dans un premier temps d'attacher l'homme. Néanmoins, quand nous tournons la tête, il n'est plus là. Comment est-ce possible ?

— Emma ! Reste auprès de moi, décrète grand-père.

À l'affut du moindre bruit, nous sommes en alerte. Nous savons qu'il va surgir d'une minute à l'autre.

J'avoue que je ne suis pas tranquille. Tiago et l'homme vont revenir. Ce dernier sera en colère et il est armé. Le second type veut se venger de ma petite blague.

Je sais que grand-père a peur. Sa transpiration excessive ne me rassure pas. Il remue ses bras au moindre bruit. Nous sortons sur la terrasse. Selon lui, l'homme n'est pas rentré, sinon, nous l'aurions entendu. Les traces d'eau sont déjà à moitié sèches. Le soleil tape encore, même à cette heure-là. Nous surprenons des voix.

Et, l'immanquable moment du retour du trafiquant survient. Son visage montre une intense agressivité. Revanche. Il se redresse de toute sa hauteur et se lance vers grand-père. Tous les deux roulent à terre. Grand-père a bien du mal à ne pas lâcher le couteau des mains. J'aimerais intervenir, mais je ne veux pas aggraver le sort de grand-père et risquer de le blesser. Celui-ci se prend des coups. Il en rend quelques-uns. Les cris des deux hommes vont alerter toute l'île. Je souffre pour lui. Il est âgé. Je suis perdue. Leur roulade n'en finit pas. Et alors que je saisis la fameuse pelle de tout à l'heure en espérant frapper au bon moment et la bonne personne, je comprends… Une petite auréole de sang se répand délicatement au sol. Je réalise tout juste qu'un des deux est blessé. Que le combat de mon grand-père est terminé. Un cri plus fort, un cri de douleur retentit. L'homme se relève et m'agrippe le bras afin que je lâche la pelle :

— Rentre dans la maison, tout de suite ! m'ordonne-t-il.

Grand-père est blessé, il se tient le ventre. Je ne peux pas le laisser là. Peu importe ce qu'il me demande. C'est mon grand-père. Non, je m'en veux tellement. Tout est de ma faute. J'aurais dû écouter ses conseils. Je me sens trop mal. Malgré la force de l'homme qui me serre le bras, assise aux côtés de grand-père, je résiste et lui tiens la main :

— Il lui faut des soins ! Vite ! Laissez-moi appeler une ambulance !

Une petite voix se manifeste juste à cet instant. C'est Tiago.

— Emma, fais ce qu'il te demande…

Son visage est meurtri, plus que tout à l'heure. Le second type pointe son arme dans le dos de Tiago et son air mécontent veut tout dire.

— On va arrêter la rigolade la compagnie ! Objecte l'homme armé. Je crois que vous ne me prenez pas vraiment au sérieux ! Alors, le vieux, avant de crever, tu vas réfléchir parce qu'il n'y avait rien autour de ton puits. Soit tu me parles tout de suite, soit je te laisse te vider de ton sang et je finirai le travail avec la gamine !

Désormais, je pleure. Cette pression... Cette situation que je n'ai jamais voulue...

— D'ailleurs, poursuit l'homme en me montrant du doigt, que fais-tu là toi ? Tu t'es échappée du sous-sol , tu ne peux pas rester tranquille ! Il ne va pas être content mon ami...

— Puisqu'on vous dit qu'on ne sait pas où se trouve votre satané argent ! Continue Tiago, vous pouvez faire tout ce que vous voulez, nous torturer et nous laisser tous les trois mourir là maintenant, on ne pourra pas vous dire ce qu'on ne sait pas !

Euh, il y va un peu fort quand même, nous torturer, je ne sais pas trop... Si grand-père a inventé une cachette, c'est qu'il voulait gagner du temps... La police ne devrait pas tarder...

— Je vais... Je vais vous dire... Articule le blessé

dont je tiens encore la tête. D'abord, laissez les enfants partir !
Sinon, je ne parlerai pas…

Il perd beaucoup de sang, beaucoup trop. Même en
faisant pression, il a besoin de voir un médecin de toute
urgence. Que veut-il faire ? Il va se faire tuer à force de leur
mentir…

— Non, rétorque le kidnappeur méchamment. Je
pense qu'on va plutôt faire à ma façon. Tu me dis où est le
fric et je ne les tue pas. Pas encore.

— Mais si je meurs… Tu ne sauras jamais où est ton
argent… À toi de voir… Je n'en ai plus pour bien
longtemps…

Je ne pourrai pas supporter de le perdre. De perdre
encore quelqu'un qui m'est cher. C'est impossible.

Grand-père est convaincant. L'homme se retrouve un
peu pris au dépourvu et accepte le marché. Grand-père doit
maintenant parler. Et nous, attendre. Attendre quoi ?

Soudain, nous sursautons tous. Une sirène
assourdissante résonne. Des dizaines de policiers aux gilets
pare-balles surgissent de partout. Armés et prêts à faire feu
sans coopération de la part des hommes.

Ils nous encerclent…

C'est fini…

Pour de bon…

25

Acceptation

Paris — octobre 2021

— Maman, tu n'as pas vu mon tee-shirt blanc ? Tu sais, celui que j'ai ramené de Tamino ?

— Regarde dans mon armoire, je l'ai peut-être rangé dans mes affaires, répond ma mère.

Tenant un biberon dans la main et remuant le landau d'un pied, ma mère semble pourtant avoir trouvé son équilibre. Les jumeaux viennent de fêter leur un mois. Maintenant qu'ils font presque leurs nuits, c'est plus facile pour elle. Mon absence a fait du bien à tout le monde. Je suis contente de revoir ma famille. Tout a changé ici. L'ambiance déjà et puis la décoration, mais ça je m'en doutais et finalement, tout le monde a trouvé sa place. Ma mère est plus détendue, peut-être que moi aussi ! Je vais être en retard, la prof de français ne va pas apprécier.

— Je pars au lycée… N'oublie pas que ce soir, je vais voir la psy !

— Je n'ai pas oublié chérie !

Tamino — octobre 2021

— Tiago ! Je n'y comprends rien sur ta liste, c'est quoi des « gouges à bois » ?

— C'est pour sculpter le bois, mais c'est facultatif Kaï, regarde, c'est écrit en bas du dossier ! Mais, j'arrive, je descends…

— Non, non. Pas question, s'ils l'écrivent, c'est qu'ils veulent que tu aies tout le nécessaire. Tu as quand même été pris dans cette école prestigieuse ! Si tu arrives les mains dans les poches ! Non, non. Je m'en voudrais trop… On va les trouver tes gougères…

— Gouges, pfff, tu es trop drôle ! Je n'en reviens toujours pas de ce qu'a fait Emma. Écrire un mail à cette école pour leur parler de moi, c'est assez surprenant non ?

— C'est Emma ! Elle est capable de tout ! C'est ma petite-fille !

— Sans Emma, je n'aurai jamais osé demander à étudier la construction navale, encore moins au Danemark. Bon, après je suis toujours partagé... J'ai envie d'y aller, c'est sûr, mais je n'ai pas envie de te laisser, de quitter Tamino...

— Arrête tes sottises Tiago ! Tu ne pars pas pour toute la vie, mais pour deux petites années. Et puis, je suis vieux alors. Je ne serai pas seul, avec Annabelle, on t'attendra. Tu reviendras quand tu veux !

— Ne te fais pas de soucis ! Quant à toi, tu es en convalescence. Le médecin a dit qu'il te fallait du repos.

— Histoire ancienne ! J'en ai vu d'autres !

— J'aimerais faire un cadeau à Emma. Tu sais une jolie paire de baskets, je connais sa taille. Qu'est-ce que tu en dis ?

— Moi ? Que ça ne sert à rien parce qu'elle en a des dizaines de baskets, mais si c'est ce que tu veux !

— OK, alors il faudra qu'on aille à Barnville ou Saint-Oméry, je pense trouver là-bas.

— Oui, d'ailleurs, ça tombe bien, je voulais te le proposer. On en profitera pour s'arrêter quelques minutes au lac des merveilles.

— Euh, oui, pour faire quoi ?

— Rien de spécial, j'ai simplement une caisse à récupérer. Elle a passé treize ans en terre, il est temps de la sortir !

14 JUILLET 2021

OLYMPIADES
de Tamino

PAR EQUIPE DE 3
VENEZ NOMBREUX !

**INSCRIPTION AUPRÈS DE TOUS LES COMMERCES DE L'ILE
LIEU : PORT-CLARON**

École construction navale

Quai de Malmö

1450 Copenhague

Tiago Morales

Port-Claron

56 9870 Ile de Tamino

Copenhague, le 21 août 2021

Objet : Candidature école

Cher Tiago,

Nous avons reçu votre demande d'inscription par votre amie Emma qui nous a fait part de vos talents. Nous sommes à la recherche de jeunes étudiants au potentiel prometteur. Nous pensons que vous en faites partie.

Aussi, nous sommes heureux de vous proposer une place au sein de notre établissement sur Copenhague dès le mois de novembre.

Les modalités d'inscription et d'hébergement sont jointes à ce courrier. Nous serions ravis de vous accueillir pour une visite de l'école quand vous le souhaitez.

Bien cordialement,

Le directeur de l'école de construction navale.

Merci à tous mes lecteurs, qui êtes une source d'inspiration à chaque voyage dans les romans ! J'ai tellement hâte de vous retrouver lors des salons littéraires !

Merci à ma jolie famille, à la force et aux sourires que vous m'offrez au quotidien... Je vous aime !

J'espère que vous avez passé un bon moment à travers les aventures d'Emma... N'hésitez pas à me poser toutes les questions que vous souhaitez, je répondrai avec un immense plaisir !

Instagram : mariepimont_auteure

Facebook : facebook/mariepimont_auteure

Amazon : pour me laisser des commentaires et/ou des étoiles sur le livre (c'est très important) !

P.S. La réponse à la question des Olympiades que vous vous posez peut-être est : Fernand De Magellan !

Si vous avez aimé ce roman et si vous voulez découvrir une autre fiction, je vous conseille **Survivre Ailleurs** ici :

Printed in Great Britain
by Amazon

20149431R00113